Betty Swinford

Das Schiff der Diebe

Betty Swinford

Das Schiff der Diebe

Schulte & Gerth

Die amerikanische Originalausgabe erschien im Verlag Moody Press, Chicago, unter dem Titel „Scotty and the Mystery of the Dark Angel“.

Aus dem Amerikanischen übersetzt von Hildegard Zahnd

Best.-Nr. 15840
ISBN 3-89437-840-9
3. Auflage 2000
Umschlaggestaltung: Michael Wenserit
Satz: Typostudio Rücker & Schmidt, Langgöns
Druck und Verarbeitung: Ebner Ulm
Printed in Germany

Inhalt

Der Untergang der „Lustigen Witwe“

Welch herrlicher Tag zum Angeln! Der Himmel war wolkenlos und blau, und der Pazifik dehnte sich spiegelglatt vor ihren Augen. Das beste von allem aber war, daß noch drei volle Tage vor ihnen lagen, in denen sie nach Herzenslust angeln, schwimmen oder bootfahren konnten – oder sich einfach amüsieren.

Die „Lustige Witwe“, eine blendendweiße Luxusyacht, deren Name in schwarzgoldenen Lettern auf ihrem Rumpf leuchtete, war etwa 15 Meter lang. Ihre weißen Segel waren gehißt, und weit über den Bug hinaus ragte die lebensgroße Gestalt einer Frau in einem langen, fließenden, rotblauen Kleid. Ihretwegen hieß die Yacht die „Lustige Witwe“.

Danny lehnte den Kopf an Scottys Schulter und lachte. „Weißt du was? Ich finde es einfach klasse, daß du einen reichen Onkel hast!“

„Psst!“ flüsterte Scotty, als sein Vetter Rick um die Ecke bog. „Außerdem ist es nicht mein Onkel, sondern meine Tante, die das viele Geld hat.“

Rick war fünfzehn, 1,90 m groß, hatte kastanienbraunes Haar und graue Augen. Er war oft mürrisch und verdrossen, und es war keine leichte Sache, mit ihm auszukommen. Er war stolz auf alles, was er hatte, und benützte jede Gelegenheit, anderen seine volle Brieftasche unter die Nase zu halten.

Aufmerksam beobachtete Scotty seinen Vetter, der langsam näherkam. Obwohl der Junge einen schwierigen Charakter hatte, mußte er mit ihm auskommen. Es könnte ja schließlich noch viel schlimmer sein. Mehr als alles andere sehnte er sich nach einer Gelegenheit, mit Rick über Jesus zu reden. Er wußte, daß sein Vetter trotz seines Reichtums nicht glücklich war. Nur Jesus konnte ihm den Frieden und das Glück schenken, das man mit allen Reichtümern der Welt nicht kaufen kann.

„Na, wie gefällt sie dir denn?“ erkundigte sich Rick mit stolzem Lächeln. Er setzte den Fuß auf eine Taurolle neben dem Mast.

Scotty hob den Blick zu den flatternden weißen Nylonsegeln und setzte sein schönstes Lächeln auf. Der Wind hatte sein Haar zerzaust, und er fühlte sich prächtig. „Die Lustige Witwe? Ich finde sie großartig, Rick! Hier draußen ist's einfach phantastisch!“

„Ja!“ fiel Danny lachend ein. „Ist wirklich einsame Spitze!“

Die drei Jungen traten miteinander an die Reling. Über ihren Köpfen hing ein rotweißes Rettungsboot, vollständig ausgestattet für einen eventuellen Notfall. Quer über dem Deck auf der Steuerbordseite baumelte genau das gleiche Boot hin und her.

Das Innere der Kajüte war luxuriös und geschmackvoll eingerichtet. Die Chromstahlküche war zwar winzig klein, enthielt aber alles, was nötig war. Daneben lag das Speisezimmer, in Nußbaum gehalten. Die Yacht war groß genug, um allen Mitfahrenden gemütliche Schlafräume zu bieten. Gus und Sim, die beiden Matrosen, hatten ihre eigenen Schlafkojen.

„Wann gehen wir angeln?“ ertönte eine Stimme hinter ihrem Rücken. Es war Susan, Scottys Schwester. Sie war ebenso begeistert vom Segeln wie Scotty und Danny. Die Jungen hatten sie schon den ganzen Tag geneckt wegen ihrer phantasievollen Matrosenkleidung, die sie sich extra für diesen Ausflug angeschafft hatte.

„Vorerst noch eine andere Frage“, fiel Danny ein. „Wann gehen wir nun endlich essen?“

Scotty betrachtete mit kritischem Blick die gut gepolsterte Figur seines Freundes. „Diese Frage habe ich schon lange erwartet. Dir sind wohl die Schinkenbrötchen in die Nase gestiegen, die Mama heute morgen an Bord brachte!“

Danny wehrte ab. „Von Schinkenbrötchen habe ich nichts gesehen. Aber dafür diesen wunderschönen Schokoladenkuchen, den Susan gebacken hat.“

Rick gab seinem Freund einen Klaps auf die Schulter. „Warum setzen wir uns eigentlich nicht gleich an den Tisch? Sim wird ohnehin nichts kochen, aber er hat einen seiner tollen Drinks gemixt.“ Im Weggehen rief er über die Schulter: „Das könnt ihr mir glauben – wenn einer einen Drink mischen kann, dann ist es Sim.“

Susan sah den Bruder fragend an. „Was will er damit sagen?“

„Daß Sim gern zu tief ins Gläschen guckt.“

Rick nickte herablassend. „Stimmt. Er hatte schon so oft den Säuferwahn, daß die Leute ihn nur noch ‚Schüttelbecher‘ nannten.“

Mit großen Augen fragte Danny: „Was ist denn das: Säuferwahn?“

Rick warf ihm einen verächtlichen Blick zu, als wollte er sagen: „Wie kann man nur so dumm sein?“ Laut aber antwortete er: „Säuferwahn oder Delirium tremens ist eine Krankheit. Man bekommt sie, wenn man über eine lange Zeit zuviel Alkohol trinkt. Der Mensch hat dann schreckliche Alpträume und bildet sich ein, alles, was er träumt, sei Wirklichkeit. Dann beginnt er am ganzen Körper zu zittern und fürchtet sich fast zu Tode.“

„Brrr!“ Danny schüttelte sich. „Und Sim will nicht mit dem Trinken aufhören?“

„Doch, aber immer nur für kurze Zeit. Und wenn er dann wieder zu trinken anfängt, ist es schlimmer mit ihm als vorher.“

„Wenn er nur Jesus finden würde!“ warf Susan leise ein. „Gott könnte doch alles ändern und –“ sie fing den spöttischen Blick ihres Vetters auf und verstummte. Sie hatte ganz vergessen, daß Rick nichts von Jesus hören wollte. Nun, mit der Zeit würde sie sicher noch Gelegenheit haben, für den Herrn Zeugnis zu geben.

Nachdem sie die vier hohen Gläser mit dem köstlichen Obstpunsch, der herrlich mit Nelken und Pfefferminze gewürzt war, getrunken hatten, gingen die vier wieder an Deck und holten sich Köder und Angelhaken. Sie hatten jetzt ernsthaft vor zu fischen.

Danny lehnte sich zurück, gähnte und legte die Hände hinter seinem Kopf zusammen. „Eigentlich würde ich lieber schlafen."

Susan hatte die Angelhaken schon in der Hand. „Weißt du, ich war nachts noch nie auf dem Meer. Das muß ja herrlich sein! Ich kann die Dunkelheit kaum erwarten."

Ricks Augen funkelten zornig. „Weshalb geht ihr zwei eigentlich nicht zu Bett? Man kann nämlich nicht zugleich angeln und schwatzen, verstanden?"

Susan hob den glitschigen kleinen Fisch hoch, der ihr entschlüpft war, und steckte ihn schuldbewußt an den Haken. „Tut mir leid, Rick. Von nun an sag' ich kein Wort mehr."

Ricks Eltern, Herr und Frau Duncan, und ihre Gäste, das Ehepaar Hanson, wollten das Angeln auf morgen verschieben. Sie hatten sich drei Jahre lang nicht mehr gesehen und waren so eifrig ins Gespräch vertieft, daß sie lieber bei ihrer Limonade sitzen blieben und die frische, salzige Meeresluft an Bord genossen.

Eine Stunde lang fiel kaum ein Wort. Es war richtig spannend, das Reißen und Ziehen der Leine zu fühlen, wenn die Fische anbissen – auch wenn sich keiner fangen ließ. Eine frische Brise strich über ihre Gesichter. Die schnittige Yacht glitt elegant über die Wellen. Es war einfach zauberhaft!

Susans Leine straffte sich plötzlich, und sie rief entzückt: „Einer hat angebissen! Seht doch!"

Rick warf ihr einen zornigen Blick zu. Trotzdem trat er an ihre Seite, um ihr zu helfen. Für ihn war es nichts Besonderes, wenn ein Fisch anbiß. Susans Fang konnte sich wirklich sehen lassen. Alle liefen zum

Bug, um das Prachtstück zu bewundern. Sogar Gus, seit sechs Jahren Kapitän auf der Yacht der Duncans, nickte beifällig.

„Das ist einer der größten Burschen, die ich je hier oben gesehen habe. Auf den können Sie stolz sein, Fräulein Susan!"

Susan zitterte vor Erregung. „Ohhh – ich wußte gar nicht, daß das Fischefangen mich so kribbelig machen könnte. Sogar mein Magen rebelliert!"

„So, so – aber ich glaube, der will bloß was zu tun haben!" meinte Danny und zog den Mund schief. „Ich wette, wenn du ..."

„Ich wette, wenn wir ..." rief Herr Duncan, Ricks Vater, und erhob sich schwerfällig aus seinem Liegestuhl. „Ich verhungere bald! Deshalb schlage ich vor, die Schinkenbrötchen in Angriff zu nehmen. Abends wird uns Sim ein erstklassiges Hummer-Dinner servieren. Das Beste vom Besten, das das Meer zu bieten hat."

Alle lachten und gingen in das hübsche, kleine Speisezimmer. Sim servierte noch mehr eisgekühlten Punsch. Sie setzten sich rund um den großen Nußbaumtisch und genossen die Aussicht auf den Pazifik. Ringsum nichts als Wasser. Hohe Schaumkronen und fliegende Fische schienen miteinander zu wetteifern. Ein paar verspielte Tümmler sprangen an den Seiten der Yacht hoch, und Danny und Susan freuten sich über ihre Possen. Sie warfen den munteren Gesellen Brot und kleine Fische zu.

So verging der Tag mit allerlei Kurzweil. Schließlich gab Herr Duncan Gus den Befehl, die Motoren auf volle Fahrt zu bringen und die „Lustige Witwe“ für die Nacht in einer Bucht zu verankern.

Die Sonne verschwand hinter dem Horizont in einem prächtigen Farbenspiel vom leuchtendsten Rot bis zum zartesten Rosa. Das Wasser rings um die Yacht ging langsam von blau-grün in ein schmutziges Grau über. Die weißen Wellenkämme schienen im Dämmerlicht zu wachsen, und die Brise wurde stärker.

Scotty stemmte den Fuß gegen die Reling und beobachtete, wie Gus und Sim die

Segel einholten und befestigten. Der Wind fegte über Deck, blähte ihre Hemden und zerzauste ihr Haar.

Rick machte eine schnelle Bewegung. „Sag, möchtest du nicht einmal das Steuer übernehmen, während Gus die Motoren anläßt?"

„Na klar!" rief Scotty begeistert. „Glaubst du, daß dein Vater mir zutrauen würde, die „Lustige Witwe" zu steuern?"

Rick warf einen schnellen Blick nach hinten. „Er bat mich, es für ein paar Minuten zu tun – und nun vertraue ich das Schiff dir an. Könnte ich etwas Besseres tun?"

Verwundert betrachtete Scotty seinen Vetter. Er konnte eigentlich ein sehr angenehmer Kamerad sein. Möglich, daß er später, wenn sie einander besser kannten, mit ihm über den Glauben reden konnte.

Scottys Hände hatten das Steuerrad kaum berührt, als aus dem Maschinenraum ein dumpfes Geräusch ertönte. Gus ließ den Steuerbordmotor an. Der Motor sprang jedoch nicht an, und Gus versuchte es immer wieder, ohne Erfolg. Plötzlich erschütterte ein mächtiger Stoß die ganze Yacht. Eine zweite Erschütterung folgte. Es schien, als ob das ganze Schiff auseinanderbersten würde.

„Feuer! Feuer!" Gus stürzte die Leiter herauf. Seine Kleider waren zerrissen, Gesicht und Brust rauchgeschwärzt und verbrannt. „Der Maschinenraum brennt, Herr Duncan! Das Schiff geht gleich in die Luft!"

Alle rannten aus dem Speisezimmer und hasteten an Deck. Mit angstverzerrten Gesichtern warfen sich die Frauen Jacken um die Schultern. Herr Hanson griff nach einem Rettungsboot und versuchte, mit Herrn Duncan die Leinen zu lösen und das Boot ins Wasser zu lassen.

Sim, der schon von weitem nach billigem Fusel stank, torkelte auf die jungen Leute zu und begann an den Seilen herumzufummeln, die das zweite Rettungsboot trugen. Rick schubste ihn beiseite, und Sim stürzte zu Boden.

„Geh weg! Laß mich machen, Junge! Scotty, pack das Tau! Schnell!“

Schon züngelten Flammen die Leiter hoch und krochen auf den Klüverbaum zu. Die Segel fingen Feuer, und die Taue begannen zu schwelen. Bald schien es, als stünde das ganze Takelwerk in Flammen. Die vollen Tanks konnten jeden Augenblick Feuer fangen, und wenn es erst mal so weit war …

Das erste Rettungsboot klatschte aufs Wasser. Alle kletterten über die Reling. Rick war der erste, und als Susan ihm in die Quere kam, stieß er sie aufs Deck zurück und sprang in das dunkle Wasser hinunter.

Scotty drehte sich um und warf einen verstörten Blick auf seine Eltern. Als er sah, daß mit ihnen alles in Ordnung war, packte er seine Schwester am Arm und stieg mit ihr über die Reling.

„Halt dich fest an meiner Hand, Susan! Laß mich unter keinen Umständen los! Es ist so dunkel dort unten – und jetzt – häng dich einfach an mich, dann wird's schon gehen.“ Mit einem Stoßgebet auf den Lippen sprang er in die unbekannte Tiefe.

Für einen Augenblick verbreitete der Mast eine gewisse Helligkeit, und die beiden erkannten weit unter sich das Rettungsboot, das wild auf den Wellen herumtanzte. Hände streckten sich ihnen aus dem Boot entgegen, und mit Dannys Hilfe wurde Susan ins Boot gezogen. Sim folgte, betrunken, zitternd, eiskalt und naß. Endlich war auch Scotty drin, und nun ruderten sie mit aller Kraft weg von dem brennenden Schiff. So gut es ging, schützten sie ihre Augen vor der Glut, der brennenden Asche und dem Rauch, den der Wind ihnen entgegentrug.

„So etwas habe ich noch nie erlebt!“ schrie Rick. „So schnell! Wir hatten nicht einmal Zeit für einen Funkspruch!“

Klatschnaß und verzweifelt hörten sie nach ein paar Hundert Metern auf zu rudern und saßen nun einfach da in dem kleinen Rettungsboot, das auf den Wellen tanzte. Niemand hatte bis jetzt Zeit gehabt, auch nur einen vernünftigen Gedanken zu fassen. Alle hatten einen Schock erlitten und fürchteten sich vor dem, was kommen würde.

Inzwischen hatten die Tanks Feuer gefangen, und eine zweite Explosion erschütterte das brennende Schiff. Ein Flammenmeer umgab die „Lustige Witwe“. Langsam neigte sich das Schiff auf die Seite, und Minuten später versank die Yacht in den kalten Fluten. Die schöne „Lustige Witwe“ war tot und würde nie wieder auferstehen.

Auf hoher See

Als die brennende Yacht im Wasser verschwunden war, wurde es stockdunkel um die Schiffbrüchigen. Der Nebel wurde dikker, und der Mond, nur eine dünne, weiße Sichel am Himmelsdom, gab keinen Trost. Im Gegenteil, schon nach wenigen Minuten verschwand auch dieser kleine Hoffnungsschimmer hinter einer Nebelwand.

Rick stand breitbeinig im Boot, legte die Hände um den Mund und schrie: „Mutter! Vater! Wir sind hier! H-i-e-r!"

Gespenstisch verhallten seine Worte, nur der Schlag der Wellen war zu hören. Es kam keine Antwort auf sein Rufen.

Nun versuchte es Susan. Mädchenstimmen waren höher, und sie dachte, daß ihre helle Stimme weiter reichen würde als

Ricks Baß. „Papa! Pa-pa! Wir sind hier, hier! Kannst – du – uns – hören?“

Bleiernes Schweigen war die einzige Antwort.

Während dieser endlos langen, einsamen Nacht riefen sie immer wieder nach dem zweiten Rettungsboot. Doch ohne Erfolg. Als die beiden Boote zu Wasser gelassen waren, hatten die Insassen vermutlich in entgegengesetzte Richtungen gerudert. Und während die „Lustige Witwe“ in ihrem nassen Grab versunken war, hatten sich die beiden Boote außer Rufweite voneinander entfernt.

Alle Hoffnung dahin

Mit merkwürdig verdrehten Körpern, die Füße im eisigen Salzwasser, verbrachten die fünf Schiffbrüchigen die Nacht. Aus purer Erschöpfung schliefen sie ein paar Stunden. Die Sterne sahen aus wie leuchtende Fackeln, und der Himmel über ihren Köpfen war samtig schwarz. Aber die fünf konnten die Schönheit ringsum nicht genießen. Es ist schwer, ein Auge für Schönheit zu haben, wenn der Tod vor der Tür steht. Stürme und hohe Wellen könnten sie jederzeit überwältigen. Die sengende Sonnenglut war eine ständige Bedrohung für sie.

Die Tatsache, daß sie sich kaum bewegen konnten, machte die Situation noch schwieriger. Das Boot war klein, und aus Furcht vor dem Kentern wagten sie nicht aufzustehen. Sie saßen mit hängenden Köpfen dicht aneinandergedrängt und hatten jede Hoffnung verloren.

„Ich war fest überzeugt, daß wir gesternabend noch von einem Schiff aufgenommen würden“, murmelte Sim. Er spielte mit seiner leeren Whiskyflasche und hielt sie immer wieder an den Mund – in der Hoffnung auf ein paar allerletzte Tropfen. Aber die Flasche war und blieb leer.

„Gib sie mir, Sim“, sagte Scotty einfach und streckte die Hand aus. Zu seiner Überraschung gehorchte der Matrose sofort. Scotty warf die leere Flasche über Bord, und Sim sah wehmütig zu, wie sie in den Wellen versank. „Jetzt wird es dir bald besser gehen“, versicherte Scotty dem Matrosen. „Außerdem brauchen wir deinen klaren Kopf. Du bist der einzige Seemann unter uns.“

„Na – ich bin praktisch auf See geboren“, warf Rick gereizt ein. „Und solange ihr in meinem Rettungsboot sitzt, bin ich derjenige, der hier befiehlt.“

Mit zusammengekniffenen Augen sah Danny auf. „Was soll denn das heißen – solange ihr in meinem Boot sitzt?"

Rick gab keine Antwort. Er teilte die Frühstücksration aus. Sie hatten sich auf zwei Mahlzeiten am Tag geeinigt, und wenn sie aßen, behielten sie jeden Bissen so lange wie möglich im Mund. Er hatte außerdem gedroht: „Soll sich keiner unterstehen, mehr als zwei Schluck Wasser zu nehmen – sonst krepieren wir!" Alle wußten, daß Wasser lebensnotwendig war. Jeder Tropfen wurde deshalb mehrmals durch den Mund gespült, bevor man ihn schluckte.

„Ich glaube, wir müssen um Regen beten", sagte Susan zu ihrem Bruder. „Das würde uns Trinkwasser bringen und uns ein bißchen erfrischen."

Scotty hatte Mitleid mit Susan. Die Lage war schon für Männer schlimm genug. Sie sah erbärmlich aus, richtig krank. Verzweifelt hatte sie versucht, ihr Haar zu ordnen, aber ohne Kamm war das ein hoffnungsloses Unterfangen. Zudem war ihre Haut von der Sonne verbrannt worden und schmerzte nun.

Sim zitterte wie Espenlaub, und Scotty fragte sich beunruhigt, wie das in ihrem kleinen Boot werden sollte, wenn der Mann in den Säuferwahn fiel.

„I-ich ha-habe eine I-Idee, die u-uns helfen könn-te“, stammelte Sim am frühen Nachmittag.

Alle horchten auf. Danny hatte mit den Armen und Beinen Turnübungen gemacht, um die Blutzirkulation anzuregen. Jetzt lehnte er sich gespannt nach vorn. „Was ist das für eine Idee, Sim?“

„W-wir könnten zwei zu ei-einem Seil zusammendrehen. Dann könnten wir die Ruder durch die Armlöcher stecken u-und Mast und Segel daraus machen.“ Er nahm den Kompaß zur Hand. „Wir kö-könnten wenigstens versuchen, Se-Segel zu setzen, um den nächstgelegenen Küstenstreifen zu erreichen.“

Rick preßte mit finsterem Blick die Lippen zusammen. „Daran hab ich eben auch gedacht“, log er.

Niemand schenkte ihm Beachtung.

„Und welche Küste ist die nächste, Sim?“

„Kalifornien!“ rief er und lachte hellauf, als habe er eben einen köstlichen Witz gemacht.

Weil Danny und Rick zwei T-Shirts trugen, mußten sie je eines abgeben. So blieb ihnen immer noch eines als Schutz vor den gleißenden Sonnenstrahlen.

Während sie ihre Segel setzten, waren sie beinahe ausgelassen und fröhlich. Neue Hoffnung füllte ihre Herzen, als der Wind ihre Segel blähte und sie in rasendem Tempo von Wellenkamm zu Wellenkamm flogen. Nun mußten sie ja gefunden werden! Sie befanden sich nach Sims Aussage auf einer vielbefahrenen Route und würden sicher gerettet, bevor Land in Sicht kam.

Bei Sonnenuntergang wurde der Wind so stark, daß sie ihr Segel einziehen mußten.

Mit dem Einbruch der Dunkelheit und den hohen Brechern, die pausenlos auf sie herabstürzten, kam die alte Hoffnungslosigkeit wieder auf.

Meer und Himmel, Himmel und Meer – sonst nichts. In einem Augenblick thronten sie hoch oben auf einem Wellenkamm, und im nächsten wurden sie in bodenlose Tiefe geschleudert.

Ihre Hände hatten jedes Gefühl verloren. Sie klammerten sich mit aller Kraft an den Planken fest, damit sie nicht über Bord gespült wurden. Ihre Beine schwollen, und alle Knochen taten ihnen weh.

„Betet!" schrie Sim in Todesangst. „Betet für uns alle!"

„Wir beten ja!" rief Scotty zurück. Der Wind fing seine Worte und trug sie weiter bis zu Sim. Und Scotty wußte, daß niemand anders als sein großer, starker Heiland sie aus dieser schrecklichen Lage befreien konnte. Er versuchte keine Erklärung für das zu finden, was ihnen geschehen war. Er bat Gott nur, sie in Sicherheit zu bringen und keinen von ihnen verlorengehen zu lassen.

Um Mitternacht legte sich der Wind plötzlich, und die erschöpfte Besatzung versuchte, etwas Ruhe zu finden. Rick kramte Kaugummi hervor, den er unter den Vorräten entdeckt hatte. Er half ihnen, den Durst zu löschen und den Hunger einen Augenblick zu vergessen.

Susan fühlte sich elender als alle anderen. Ihre Haut war beinahe schwarz geworden, ihre blauen Augen lagen tief in den Höhlen. Sie bewegte sich kaum. Nur wenn sie ihre Beine ausstreckte, stöhnte sie. Ihr Haar – ein langer, goldener Schleier, als sie die „Lustige Witwe“ verlassen hatten – lag jetzt wie ein schmutziger Scheuerlappen um ihr Gesicht, strähnig und feucht.

Immer und immer wieder sprühte der salzige Gischt auf ihre nackte Haut. Jede Welle brachte Nässe und Unbehagen.

Am Nachmittag des zweiten Tages versteckte sich die Sonne hinter einer trüben Nebelwand. In diesem grauen Zwielicht trieben sie dahin bis zum Einbruch der Dunkelheit. Rick fühlte sich wie geröstet. Gesicht und Arme waren vom Sonnenbrand so rauh geworden, daß er sein Hemd wieder anzog und das T-Shirt als Sonnenschutz aufs Gesicht legte.

Die Trinkwasserversorgung war sehr dürftig. Jeder erhielt pro Tag dreimal einen einzigen Schluck Wasser. Ihre Kehlen waren ausgetrocknet und schmerzten und brannten vor Durst. Die Fleischvorräte würden abends verbraucht sein, und das Dörrobst und die Schokolade reichten höchstens noch für zwei Tage.

Das Rettungsboot war nur für drei Personen ausgestattet und barg Vorrat für höchstens vier Tage, deshalb mußten sie die Rationen strecken, und das trotz des nagenden Hungergefühls.

Fischen hatte sich als sinnlos erwiesen. Entweder fingen sie so kleine Fische, daß niemand sie essen konnte, oder sie fingen zu große, und die Angelschnur riß. Zudem waren sie noch nicht bereit, rohen Fisch zu essen, denn wenn sie wirklich ein passendes Exemplar fingen, hätten sie ja keine Möglichkeit, es zu kochen.

So verging auch der zweite Tag. Ihre Beine waren geschwollen, und ihre Füße, die ständig im Salzwasser baumelten, hatten offene Wunden. Bisher hatten sie kein Schiff entdeckt. Es war schwierig, den Behelfsmast mit dem Segel hochzuhalten, und sie waren nahe daran aufzugeben. Ihre Arme wurden schnell müde, und es gab keine Möglichkeit, die Ruder so zu verankern, daß sie von selbst aufrecht stehenblieben. Ihre Lage war düster, wenn nicht gar hoffnungslos.

Der Mond gab zwar mehr Licht als in der Nacht zuvor, aber immer noch nicht genug, um ihnen wirklich Trost zu spenden. Sie glitten jedoch ruhig über das Wasser und mußten sich nicht mehr mit ihren blasenbedeckten Händen an den Planken festhalten wie in der ersten Nacht.

Sim hatte seit achtundvierzig Stunden keinen Alkohol mehr getrunken und wurde immer gereizter. Er saß da und starrte mit glasigen Augen über das Wasser, als ob er Dinge sähe, die außer ihm niemand sehen konnte. Oft sprach er mit Leuten, die nur in seiner Einbildung existierten. Manchmal saß er einfach stumm da und blickte ins Leere.

Völlig entmutigt und teilnahmslos saßen die fünf in der nächsten Nacht beisammen. Sie hatten jegliche Hoffnung auf Rettung aufgegeben und konnten weder sprechen noch singen, nicht einmal mehr beten. Singen und Beten mochte für Paulus und Silas im Gefängnis das Richtige gewesen sein, aber jetzt konnte sich nicht einmal Scotty zu einem Gebet aufraffen. Nur sein Innerstes blickte vertrauensvoll auf Jesus. Er wußte, daß der Herr da war und sein Versprechen, sie nicht zu verlassen, halten würde.

Da tauchte plötzlich ein kleiner Hoffnungsschimmer auf. Sim sah die Lichter zuerst. Anfangs glaubte ihm keiner, als er aufsprang, schrie und wie ein Wilder gestikulierte.

„Setz dich endlich hin, du verrückter alter Kerl“, schrie Rick zornig und griff nach den Planken, um das Boot im Gleichgewicht zu halten. „Du wirst uns noch alle den Haien zum Fraß vorwerfen, wenn du nicht besser aufpaßt!“

Danny packte Sim am Arm und drängte ihn sanft, sich wieder hinzusetzen. „Komm nur, Sim, dort draußen ist nichts zu sehen. Reg dich bloß nicht so auf, ja?“

„I-ich sehe aber Lichter!“ behauptete der Seemann. Seine Stimme wurde immer lauter und überschlug sich fast. „Do-dort draußen ist ein Schiff, es kommt auf uns zu! Se-seht doch! Seht ihr denn die Lichter nicht?“

Susan war die einzige, die wirklich in die angegebene Richtung schaute. Plötzlich richtete sie sich hoch auf und brach in heiseres Gelächter aus. „Ich sehe es! Ich sehe es wirklich! Ein Schiff kommt auf uns zu! Sieh, o sieh doch nur, Scotty!“

Scotty mußte sich anstrengen, um in der Dunkelheit etwas sehen zu können. Es dauerte eine ganze Weile, bis er sah, was Sim mit den geschulten Augen eines erfahrenen Seemannes längst entdeckt hatte.

Im gleichen Augenblick ertönte der unheilvolle Ton des Nebelhorns. Das Schiff kam zwar näher, mit ihm aber auch eine dichte Nebelwand, die jede Sicht versperrte.

„Was machen wir nun?“ fragte Rick mit zitternder Stimme. „Wir können die doch nicht einfach weiterfahren lassen! Sim – wie können wir uns nur bemerkbar machen?“ Er geriet in Panik. „Sim, du bist doch Seemann! Tu etwas! Gib ein Zeichen! Laß sie nicht vorüberfahren!“

Der Matrose der „Lustigen Witwe“ schien jetzt einen klaren Kopf zu haben. Angestrengt dachte er nach, dann sagte er: „Wenn es Tag wäre, könnten wir einen Spiegel nehmen, die Sonnenstrahlen einfangen und damit Morsezeichen geben.“ Er wollte schlucken, aber seine Kehle war wie ausgedörrt. „Wenn wir eine Taschenlampe hätten, könnten wir mit ihr ein Zeichen geben.“

„Wir haben aber keine“, schnauzte Rick, verärgert über seine eigene Hilfslosigkeit. „Sei doch vernünftig, Sim! Und wenn du keinen Rat weißt, dann sag es eben.“

„Wir haben doch Zündhölzer“, meinte Scotty zögernd. „Könnten die an Bord ein so winziges Flämmchen sehen?“

Wieder ertönte das Nebelhorn. Sein Geheul schien Meer und Himmel zu erfüllen. Und mit jedem Augenblick wurde der Nebel dichter und nahm denen die Sicht, die ihnen helfen könnten.

„Euer Gott hat anscheinend die Absicht, uns kaputtzumachen“, krächzte Rick heiser. Es klang, als ob er nur mit Mühe die Tränen zurückhalten könnte.

Scotty gab keine Antwort. Auch Susan und Danny schwiegen. Was hätten sie auch sagen sollen? Im Augenblick gab es keine Antwort.

Die Lichter des Schiffes wurden trüber, der Nebel hüllte sie ein. Das Schiff kam immer näher.

Scotty fragte sich im stillen, weshalb es

im Rettungsboot keine Morselampe gab. Aber jetzt war wohl nicht der richtige Augenblick, um danach zu fragen.

Das Schiff war nun so nahe, daß das kleine Boot von seinem Wellenschlag geschaukelt wurde. Die Hände als Trichter vor dem Mund, brüllten alle fünf aus Leibeskräften. Das Schiff war ja so nahe, man mußte sie einfach hören!

Die Umrisse des großen Dampfers waren trotz des dichten Nebels einen Augenblick lang sichtbar. Nach und nach verschwanden die Lichter. Die fünf Menschen im Rettungsboot sanken auf ihre Sitze zurück. Ihre Hoffnung war zerbrochen, Verzweiflung erfüllte sie. Wie lange würde ihre Irrfahrt noch dauern?

Rettung

Die Lichter des Schiffes waren verschwunden, aufgesogen vom dichten, weißen Nebel. Auch das Dröhnen der Motoren und das Tuten des Nebelhorns hatte aufgehört.

„Ich wollte, wir hätten es gar nicht gesehen“, murrte Danny. „Jetzt scheint mir unsere Lage verzweifelter denn je.“

Sie hatten ihre Stimmen beim Schreien so sehr angestrengt, daß keiner mehr ein lautes Wort hervorbrachte. Susan konnte überhaupt nicht mehr reden. Niedergeschlagen saß sie zwischen ihrem Bruder und Danny. Rick hockte zusammengekauert auf dem Fach, in dem ihre kargen Vorräte untergebracht waren.

Bis zum anderen Morgen gegen elf Uhr sichteten sie drei weitere Schiffe durch den dünnen Nebel. Die Sonne schien nur schwach, man konnte ihre Strahlen nicht mit dem Spiegel einfangen, um damit SOS-Zeichen zu geben. Die erschöpften Schiffbrüchigen konnten sich nicht einmal über die Schiffe freuen. Sie wußten jetzt zwar, daß sie sich auf der richtigen Route befanden und daß vermutlich immer mehr Schiffe ihren Weg kreuzen würden. Was aber nützte es, wenn sie sich nicht bemerkbar machen konnten?

Dicke graue Wolken ballten sich über ihren Köpfen zusammen. Gegen zwei Uhr nachmittags, noch bevor der Nebel sich endgültig aufgelöst hatte, begann es in Strömen zu regnen. Sie hielten leere Dosen und Plastiktüten hoch, um das kostbare Wasser einzufangen. Sie konnten damit nicht nur ihren Durst stillen, sondern sie hatten genug Trinkwasser für einen weiteren Tag, wenn sie es sorgfältig einteilten.

Der kühle Regen erfrischte und ermutigte sie. Neue Kraft strömte in ihre ausgemergelten Körper. Sie hofften, daß sie beim nächsten Schiff, das ihren Weg kreuzte, genug Kraft haben würden, ihr Behelfssegel zu hissen und dem Schiff ein Signal zu geben.

Als die Dämmerung anbrach, hörte es auf zu regnen. Der Himmel war immer noch grau und verhangen, und sie konnten den Sonnenuntergang nicht sehen. Der Nebel hatte sich vollständig gelichtet, und die Wellen schlugen nunmehr sanft an die Wände ihres Bootes.

Wieder lag eine Nacht auf dem offenen Meer vor ihnen. In Scottys Herz war neuer Friede, neue Zuversicht eingekehrt. Er probierte sogar ein paar Takte zu singen: „Die Freude am Herrn ist die Kraft, die stets durch die Stürme mich trägt." Obwohl sein Hals sich nach dem Trinken des Regenwassers wieder etwas erholt hatte, war er immer noch heiser. Sein Gesang klang wie das Krächzen einer Krähe.

„Scott?" Susans Stimme war tief und heiser. „Du – glaubst du immer noch, daß wir gerettet werden?"

Scott griff nach ihrer Hand und drückte sie fest. „Sicher, Susan. Ganz bestimmt. Morgen um die gleiche Zeit sind wir vielleicht schon an Bord eines Schiffes, und dann – “ er brach plötzlich ab. Er wandte den Kopf. Die Augen wurden groß. „Ich – ich glaube – ich glaube, schon eher als wir denken – sieh dort! Nein, drüben, mehr links! Die Lichter kommen direkt auf uns zu!“

Danny fiel beinahe hin, so schnell drehte er sich bei den Worten seines Freundes um. „Wo, Scotty, wo? Ich sehe nichts – “

Sims geübtes Auge erkannte sofort die näherkommenden Lichter, nachdem Scotty ihm die Richtung angewiesen hatte. Der Mann packte hastig die beiden Ruder und schlug Rick beinahe eines an den Kopf. Sim schien es besser zu gehen denn je. Sogar sein Zittern hatte aufgehört. Er war nur noch von einem Wunsch besessen.

„Sim, wozu brauchst du denn die Ruder?“ fragte Scotty ungeduldig. „Wir können doch nicht rudern, wenn beide auf der gleichen Seite sind!“

„Diesmal machen wir etwas ganz anderes. Dieses Schiff soll uns nicht wieder übersehen!“ Der Matrose war wie elektrisiert. „Rick, gib mir schnell ein paar Zündhölzer. Scotty, hilf mir, das Hemd über die Ruder zu ziehen.“

„Ja – willst du denn eine Fackel machen?“ fragte Danny bewundernd.

„Mann!“ seufzte Rick. „Warum hab ich denn nicht auch an so etwas gedacht?“ Alle wunderten sich, daß Rick nicht behauptete, soeben die gleiche Idee gehabt zu haben.

„Ja, wir machen eine Fackel“, erklärte Sim. „Aber nicht schon jetzt. Das Schiff kommt genau auf uns zu. Wir wollen warten, bis es nahe genug ist und uns nicht mehr übersehen kann. Dann machen wir das Feuer an, und dann – “ fügte er überzeugt hinzu, „ist die Rettung in vollem Gange.“

Als das große Schiff auf sie zukam, schien den Fünfen das Rettungsboot kleiner denn je.

„Was ist es für ein Schiff, Sim? Kannst du das erkennen?“

„Sieht wie ein Frachter aus.“

„Er kommt doch auf uns zu, nicht wahr?“ fragte Susan mit ängstlicher Stimme. „Er – er wird nicht plötzlich wenden und in eine andere Richtung fahren – wie alle anderen Schiffe?“

Sim beugte sich vor, die Ruder fest in den Händen. „Nein, es kommt geradewegs auf uns zu.“ Er sang diese Worte geradezu. Niemand konnte sich vorstellen, daß Sim sang – es sei denn, er war betrunken.

Der Frachter steuerte direkt auf sie zu. Scotty hoffte inbrünstig, daß nichts schiefgehen würde. Wenn der Frachter sie nicht bemerkte, würde er sie glatt überfahren. Die zusammengebundenen Ruder konnten sie nicht brauchen, um ihr Boot aus der Gefahrenzone zu bringen.

Der Frachter war groß und grau und wirkte direkt unheimlich im Dämmerlicht des Mondes. Die Schiffbrüchigen konnten schon den Motorenlärm hören und spürten den Wellenschlag, den das große Schiff verursachte.

„Und jetzt, Sim?" fragte Scotty. Sein Herz schlug ihm bis zum Hals.

Der alte Seemann überlegte. Dann zündete er schnell ein Streichholz an. Es erlosch sofort. Das Schiff kam näher. Er entzündete ein zweites Streichholz. Es brannte zwar, aber das T-Shirt fing nicht Feuer. Nach kurzer Zeit erlosch die kleine Flamme.

Danny ballte die Fäuste und neigte den Kopf. Scotty und Susan schlossen sich seinem Gebet an. Sie fühlten, daß dieses Schiff ihre letzte Chance war, gerettet zu werden.

Ein Streichholz nach dem anderen wurde entzündet, und eines nach dem anderen flackerte auf und erlosch. Nun blieben nur noch fünf übrig. In diesem Augenblick war nicht einmal Wasser so wichtig wie ein Streichholz!

Ihre Hände legten sich um das winzige, flackernde Flämmchen, das sie von der

Streichholzschachtel zum „Segel“ führten. Eine dunkle Rauchwolke stieg auf, noch eine, und nach einer halben Ewigkeit schoß eine Flamme hoch ins Dunkel der Nacht. Schnell breitete sie sich aus und wuchs, bis auch die Spitzen der Ruder Feuer gefangen hatten.

Scotty war der Ruhigste von allen. Eifrige Hände stützen ihn, als er in voller Größe im Boot stand und die Fackel hochhielt.

Nach zwei Minuten atemberaubender Spannung fiel ein großer Lichtstrahl vom Deck des Frachters direkt auf sie. Das Schiff hielt Kurs auf sie zu.

„Scotty!“ schrie Susan wie von Sinnen. „Sie haben uns gesehen! Sie können nicht mehr vorbeifahren – sie sehen uns! Sie können uns nicht im Stich lassen!“

Scotty nickte. Da stoppten die Motoren, nur noch ein dröhnendes „Geräusch“ kam über die weite Wasserfläche auf sie zu. Das Schiff wendete leicht, und viele Lichtbündel richteten sich auf sie.

Eine Leiter wurde hinuntergelassen. Sie waren gerettet! Der Alptraum war vorüber. Sie waren in Sicherheit! Oder etwa nicht?

Eingeschlossen

Scheinwerferlicht überflutete die Schiffbrüchigen. Köpfe beugten sich neben den gleißenden Lichtern übers Deck, und dunkle, schattenhafte Figuren bewegten sich an der Reling entlang. Aus dem Lautsprecher ertönte eine Stimme.

„Macht euch bereit, wir kommen! Hört ihr? Macht euch bereit, wir holen euch an Bord!“

Die tröstlichen Worte versetzten die kleine Gruppe im Boot in Hochstimmung. Sim begann wieder heftig zu zittern, und Scotty bildete sich ein, er könne sehen, wie dem Matrosen – im Blick auf den Whisky, den es an Bord des Schiffes gab – das Wasser im Mund zusammenlief. Rick war so erregt, daß er beinahe alle anderen über Bord warf. Susan lachte und weinte zugleich vor Erleichterung. Das kleine Boot war plötzlich voller Freude und Leben.

Danny plapperte in seiner Begeisterung pausenlos vor sich hin. „Wasser gibt es genug auf dem Frachter, Leute. Nicht nur ein paar Tröpfchen, nein, ganze Fässer voll zum Trinken und zum Waschen. Oh, und das Essen! Endlich etwas anderes als Dörrobst und Trockenfleisch und schimmlige Schokoladenstengel!"

„Alles, was ich will, ist, mich hinzulegen und zu schlafen", erklärte Scotty. „Es macht mir nichts aus, wenn ich auf dem harten, kalten Deck liegen muß. Ich will nichts als schlafen."

Nun sahen sie die Strickleiter, die man über Bord geworfen hatte und deren Ende beinahe ins Meer reichte. Lichter umspielten die Leiter, das Boot und die Wasserfläche dazwischen. Ein zweites Seil wurde ausgeworfen. Sim, der wußte, wozu es diente, griff danach und hielt es fest. Sofort begann jemand oben an Deck, daran zu ziehen.

Eine tiefe männliche Stimme gab durch den Lautsprecher Anweisungen. „Ahoi, Jungs! Hört zu: Laßt das Mädchen zuerst heraufkommen." Ein dröhnendes Lachen folgte seinen Worten. „Männer müssen Männer bleiben, sogar wenn es ums Leben geht. Auch wenn ihr alle um euer Leben besorgt seid – helft dem Mädchen zuerst auf die Leiter. Der Rest soll folgen, aber langsam. Nichts überstützen! Einer nach dem anderen, sonst könnte es schiefgehen. Okay, jetzt kommt herauf, aber langsam."

Die kleine Gruppe machte sich auf den Weg nach oben und fiel den wartenden Seeleuten buchstäblich in die Arme. Erst als die fünf an Deck standen und einander gegenseitig betrachteten, wurde ihnen klar, wie ernst ihre Lage gewesen war. Nur ein paar Tage oder nur Stunden länger, und ...

Sie hatten alle an Gewicht verloren während der letzten Tage. Im Vergleich zu vorher waren sie die reinsten Skelette. Sogar Danny war mager und hohlwangig geworden. Die Kleider hingen ihnen in feuchten, schmutzigen Fetzen vom Leib. Sie waren barfuß, und ihre Füße waren über und über mit offenen Wunden bedeckt, weil sie so lange im Salzwasser gestanden hatten. Die Haare standen ihnen buchstäblich zu Berge. Nur Susan machte eine Ausnahme – ihr Haar hing verfilzt und schmutziggrau auf den Schultern. Die Haut war dunkelbraun, und nur der Umstand, daß sie vor dem Schiffbruch schon braungebrannt war, hatte sie vor einem schlimmeren Sonnenbrand bewahrt.

Als sie alle an Bord waren und die Strickleiter hochgezogen wurde, kam ihnen ein großer, stämmiger Mann entgegen, der sich als Kapitän Whithers vorstellte. Scotty schätzte seinen Umfang auf mindestens 1,20 m, und seine Schultern waren beinahe ebenso breit. Seine Hände waren schwielig und hart, und sein Händedruck glich dem Griff eines Schraubstockes. Er trug Marinehosen, ein verschossenes blaues Hemd und eine Seemannsmütze, unter der ein Büschel grau-schwarzes Haar hervorguckte. Es war offensichtlich, daß er der Schiffskommandant war, obgleich er nicht so gekleidet war, wie Scotty es von einem Kapitän erwarten würde. Mit durchdringendem Blick betrachtete er jeden einzelnen von ihnen und es schien, als würde er in ihr Innerstes schauen und ihre Gedanken lesen.

Jemand brachte ihnen ein Glas Wasser, das sie in hastigen Zügen tranken.

Plötzlich – ohne eine Vorwarnung – stieß Susan einen unartikulierten Laut aus und fiel vornüber zu Boden. Starke Arme griffen nach ihr und fingen sie auf. Auf einen Wink des Kapitäns trugen die Männer sie weg.

„Kapitän!" rief Scotty mit heiserer Stimme. „Das ist meine Schwester. Ich ..."

Der Mann lächelte. Es war, als ob ein Steinbruch lebendig würde. „Keine Angst, es geschieht ihr nichts. Wir haben einen Arzt an Bord, der wird sich um sie kümmern und sie bestens pflegen." Sein Lächeln verschwand so schnell, wie es gekommen war. Er war nun ganz Geschäftsmann, kühl und reserviert. „Jetzt zu euch – wir haben wenig Platz, aber wenn wir etwas zusammenrücken, können wir euch eine Kajüte geben, bis ihr wieder auf dem Damm seid. Geht mit Harry Griffen hinunter, er wird euch Kleider und etwas zu essen geben. Dann könnt ihr euch hinlegen und schlafen, so lange ihr wollt."

Die vier wollten gerade weggehen. Da streckte Kapitän Whithers die Hand aus und zupfte Sim am Ärmel. „Sie, mein Guter, sehen aus, als ob Sie etwas anderes dringender brauchen als Essen. Ich glaube, ich habe genau das Richtige für Sie. Kommen Sie mit mir."

Scotty wandte sich um. Er war so geschwächt, daß er beinahe hinfiel. „Nicht, Sim! Bitte nicht!"

Der Matrose zögerte einen Augenblick. Er wußte nicht, auf wen er hören sollte. Aber sein Verlangen nach Schnaps war stärker als alles andere. Er drehte sich um und folgte dem Kapitän.

Wieder sahen Danny und Scotty einander an. Sie verstanden sich auch ohne Worte. Und sie fragten sich, ob Sim jemals ohne Alkohol leben und Christ werden könnte. Nicht, daß Jesus nicht fähig wäre, ihn von der Trunksucht frei zu machen, aber Sim mußte es selbst wollen. Im Moment schien dies nicht der Fall zu sein.

Danny, Scotty und Rick waren überwältigt vor Freude über ihre Rettung, aber sie waren zu erschöpft, um dieser Freude Ausdruck zu geben. Sie wollten nichts anderes als schlafen und brachten nur ein paar Bissen hinunter; dann fielen sie wie Mehlsäcke auf die harten Pritschen, die man ihnen zugewiesen hatte. Es schien ihnen wie ein kleiner Vorgeschmack vom Paradies, daß sie wieder Betten hatten und ihre geschundenen Glieder ausstrecken konnten. Es störte sie nicht, daß die Bettbezüge vor Schmutz starrten und nach Schweiß und Schimmel stanken. Es störte sie auch nicht, daß das Kopfkissen dünn wie ein Brett war – Hauptsache, sie konnten endlich schlafen.

Der junge Arzt erschien gegen Mitternacht bei ihnen. Zuvor war er bei Susan gewesen und hatte ihr ein Glas warme Milch gebracht. Ihre wunden Füße hatte er mit Salbe bestrichen. Ja, es war ihm sogar eingefallen, einen Kamm neben ihr Bett zu legen, damit sie nach dem Erwachen ihre blonden, ganz verfilzten Haare in Ordnung bringen konnte. Dann hatte er sie noch in eine warme Decke gehüllt, das Licht gelöscht und war leise gegangen.

Als er sah, daß die drei Jungen schliefen und allem Anschein nach medizinische Hilfe nicht sofort brauchten, ging er in seine eigene Kajüte und legte sich schlafen. Morgen würde er sich weiter um seine Patienten kümmern.

Als der Morgen kam, schliefen die Jungen immer noch. Sim war im Mannschaftsraum untergebracht worden, der etwas größer war und irgendwo am anderen Ende des Ganges lag.

Susan erwachte um fünf Uhr abends. Aber sie war noch so müde, daß sie nicht einmal daran dachte aufzustehen. Sie lag bewegungslos da und betrachtete ihre Umgebung. Langsam kehrte die Erinnerung an die letzte Nacht zurück. Die Rettung schien ihr wie ein Traum. Sie begriff, daß sie wirklich gerettet worden waren. Nun stützte sie sich auf ihre Ellebogen und runzelte die Stirn.

„Ach ja“, murmelte sie. „Da war ja der Frachter – und ein Mann – Kapitän Whithers!“ Sie seufzte. „Der Mensch ist eiskalt. Ich glaube nicht, daß ich ihn je gernhaben kann.“

Sie lehnte sich zurück und verschränkte die Arme über dem Kopf. Wie winzig war doch der Raum, in dem sie sich befand! Eine schmale Pritsche und ein Nachttisch waren die einzigen Möbel in der Kajüte, die vermutlich als „Gästezimmer“ diente. Wo steckten ihr Bruder und Danny? Und Rick? Wohin hatte Kapitän Whithers sie verfrachtet und wie ging es ihnen jetzt?

Susan bewegte die Beine und entdeckte, daß sie ihr furchtbar wehtaten. Wirklich, ihr ganzer Körper schmerzte, als wäre sie ausgepeitscht worden. Ihre Haut war immer noch rauh vom Salzwasser, und ihr Haar war klebrig wie mit Leim bestrichenes Stroh. Nun, trotzdem war es herrlich, zusammengekuschelt im Bett zu liegen und sich keine Sorgen mehr zu machen.

Es klopfte, und beinahe gleichzeitig drehte sich leise der Türknauf. „Darf ich hereinkommen, Susan?“ fragte eine fröhliche Stimme.

Sie zog die Decke bis ans Kinn. „Natürlich!“

Die Tür ging auf, und der Arzt stand da. „Guten Tag!“ Er stellte ein Tablett auf ihren Nachttisch. „Ist das nicht eine erstklassige Bedienung? Heute dürfen Sie im Bett essen. Wenn Sie eine Dusche nehmen wollen, will ich mich darum kümmern, daß das Badezimmer für Sie frei wird – es ist gerade gegenüber. Hier sind ein Handtuch, Seife und ein paar Kleidungsstücke.“ Er lächelte und zeigte seine schönen, ebenmäßigen Zähne. Susan hatte den jungen Mann sofort gern. „Tut mir leid, daß ich nicht mit Besserem dienen kann. Wir haben nur Männerkleidung an Bord – wir konnten schließlich nicht wissen, daß da eine junge Dame im Meer herumschwimmt."

Susan zog die Knie hoch, schlang die Arme um sie und schenkte ihm ihr schönstes Lächeln. „Besten Dank. Und wegen der Dusche nehme ich Sie beim Wort. Danke auch für den Kamm! Nicht, daß ich ihn besonders nötig hätte!"

Die Tür stand noch offen, und sie rief ihm nach: „Wie geht es meinem Bruder? Ist er in Ordnung? Und die anderen?"

Der Arzt zuckte die Schultern. „Keine Ahnung. Sie schlafen noch."

„Geht es ihnen wirklich gut?"

Er nickte. „Nur keine Bange! Es geht ihnen bestimmt gut. Schiffbrüchige, die ein paar Tage auf dem Meer getrieben sind, schlafen nachher oft zwei oder mehr Tage einfach durch. Und jetzt – tschüß!"

Der Anblick der frischen Speisen weckte Susans Appetit. Trotzdem zwang sie sich, langsam zu essen. Orangensaft, Haferbrei, Toast und ein Glas Milch standen auf dem Tablett. Vermutlich hielt der Arzt es für nötig, ihr vorerst leichte Speise zu verordnen, bis ihr Magen sich von der Hungerdiät der letzten Tage erholt hatte. Nach dem Essen fühlte sie sich tatsächlich viel besser.

Anschließend ging sie unter die Dusche. Es war kaum zu glauben, wie herrlich warmes Wasser, unparfürmierte Seife und ein rauhes Handtuch sein konnten! Und wie wohl man sich in viel zu großen Jungenhemden, groben Socken und ausgetretenen Sandalen fühlen konnte!

„Schrecklich sehe ich aus", stellte sie fest und lächelte ihrem Spiegelbild zu. „Aber ich fühle mich herrlich! Meine Haut sieht zwar aus wie die einer Inderin, und mein Haar gleicht einem verwaschenen Scheuerlappen, aber das macht mir nicht das Geringste aus."

Sie kämpfte immer noch mit ihrem verfilzten Haar, als es wieder an die Tür klopfte. „Herein!" rief sie vergnügt. „Oh,

Sie sind es. Leider weiß ich nicht einmal, wie Sie heißen."

Der junge Mann lachte. Eigentlich sah er für einen Mediziner viel zu jung aus. Er war gut gebaut, mittelgroß, hatte einen widerspenstigen Haarschopf und große schwarze Augen. Er stand einfach da und starrte Susan mit einem merkwürdigen Ausdruck an, den sie nicht zu deuten wußte.

„Ich heiße Brad – Brad Ferral. Und ich komme aus Tennesse."

„Und ich bin Susan Hanson."

Jetzt endlich wandte er den Blick von ihr. „Kapitän Whithers möchte sie gerne sehen, Susan."

„Mich?" Sie deutete mit dem Finger auf sich. „Ich bin ihm natürlichen großen Dank schuldig. Werden Sie mich zu ihm bringen?"

Als sie neben dem jungen Arzt auf die Kajüte des Kapitäns zusteuerte, fühlte Susan sich unbehaglich. Die Aussicht, bald in diese kalten, farblos-grauen Augen zu blicken, jagte ihr Angst ein.

„Verraten Sie mir bloß eines, Brad", bat sie. „Wie in aller Welt konnten Sie hier Hosen auftreiben, die mir passen? Ich bin ja wirklich nicht dick, und sie passen tatsächlich!"

Seine dunklen Augen funkelten amüsiert. „Sie sehen gut darin aus."

„Sie haben meine Frage noch nicht beantwortet", erinnerte sie ihn.

„Sie könnten sich ja vorstellen, daß wir einen spindeldürren Matrosen an Bord haben. Dem macht es nichts aus, Ihnen seine Hosen zu borgen, und deshalb ..."

Susan schwieg und horchte auf das Rauschen der Wellen, die an den Schiffsrumpf schlugen. Eine Wasserfontäne ergoß sich beim Bug über das Deck.

„Nun, dann bin ich dem mageren Matrosen dankbar", entgegnete Susan endlich. Brad öffnete ihr die Tür zur Kapitänskajüte.

In die kleine Kajüte, in der Scotty, Danny und Rick die Stunden verschlafen hatten, kam endlich Bewegung. Ricks lange Gestalt bewegte sich, zögerte noch ein wenig und drehte sich dann endlich um. Er hob den kastanienbraunen Kopf, starrte mit leerem Blick in die Runde und schlief weiter.

Danny war noch immer unterkühlt. Er wirkte eher tot als lebendig, denn er bewegte sich nicht, und sein Gesicht hatte trotz der Sonnenbräune eine merkwürdige graue Farbe.

Einzig Scotty machte Anstalten, in die Wirklichkeit zurückzukehren. Er öffnete die Augen und starrte verständnislos an die Decke mit ihrer wunderlichen Sammlung von Pfeifen und Drähten. Er lag bewegungslos da, und nach einer Weile konnte er sich dunkel an das Geschehene erinnern. Als er endlich wußte, wo er war, drehte er den Kopf langsam zur Seite und betrachtete die zwei schlafenden Gefährten. Ein wunderbar warmes Gefühl durchströmte ihn und ließ ihn sogar den Gestank seiner Decke vergessen.

„Gerettet!“ sagte er leise und konnte es

noch gar nicht fassen. „Endlich gerettet.“ Ihm tat alles weh. Jeder Knochen, jeder Muskel. Alles! Er zog die Knie hoch und betrachtete seine Füße mit den vielen Wunden. „Alles, was ich jetzt will, ist ein Stück Brot und eine warme Dusche“, dachte er. „Dann wäre ich wunschlos glücklich!“

Vorsichtig, um den wunden Körper nicht noch mehr zu verletzen, schob er seine Beine über den Rand der Pritsche. So blieb er einen Augenblick sitzen, um festzustellen, wieviel Kraft noch in ihm war. Er bog die Arme zurück und stellte fest, daß sie zwar schwach waren, die Muskeln aber doch noch einige Kraft besaßen.

Schließlich stellte er sich vollends auf die Beine und wagte sich bis hin zu dem Spiegel, der an einem rostigen Draht an der Wand hing. Sein Gesicht war dunkler als je zuvor, und um die Augen zogen sich seltsame weiße Linien. Das kam daher, daß er stundenlang nur geblinzelt hatte, um die Augen vor der Sonne zu schützen. Außerdem hatte er dunkle Ringe um die Augen, und sein Gesicht war mager geworden. Es erschien ihm wie ein Wunder, daß er überhaupt noch ein Gesicht hatte, das er betrachten konnte.

Allmählich bewegte er sich immer rascher und ging auf die Stahltüre zu. Er versuchte, den Knopf der kalten Klinke zu drehen. Umsonst.

„Vielleicht klemmt irgend etwas!" dachte er und versuchte mit aller Kraft, den Knopf zu drehen. Nichts bewegte sich. Schließlich warf er sich mit seinem ganzen Körper gegen die Tür. Nichts.

Langsam dämmerte es ihm, daß jemand sie aus irgendeinem unerfindlichen Grund in der Kajüte eingesperrt hatte.

Die schweigende Mannschaft

Scotty stemmte sich mit aller Kraft gegen die Tür der winzigen Kajüte. Auf seinem Gesicht zeigte sich Bestürzung. Seine weit auseinanderstehenden braunen Augen schienen einander unwillkürlich näher zu kommen. Mit gerunzelter Stirn starrte er die eiserne Tür an, als ob sie ihm Antwort auf seine Frage geben könnte.

„Eingeschlossen?“ murmelte er kopfschüttelnd. „Weshalb sollte uns jemand auf einem Schiff einschließen wollen?“

„H – hm.“

Scotty fuhr herum.

„Scott? Was machst du dort drüben? Wa – was w – wo sind wir – “ Dannys verwirrter Blick zeigte plötzlich Verständnis. „O ja – ein Frachter hat uns aufgenommen, nicht wahr?“

Scotty seufzte. „Ja, aufgenommen und eingesperrt."

Danny stützte sich auf seine Ellenbogen. „Was meinst du damit?"

„Ich meine", erklärte Scott nachdrücklich, „daß diese Tür hier verschlossen ist. Irgendein netter Junge hat sich einen Scherz mit uns erlaubt."

Danny versuchte zu lachen. „Verrückte Idee! Wer hätte Grund, uns hier einzuschließen? O Junge, wir haben noch nicht einmal geduscht. Und Hunger habe ich!"

„Ich auch. Komm, wir stellen uns an die Tür und fangen an zu brüllen. Möglich, daß dann jemand kommt und uns raus läßt."

Die beiden gingen zu Tür und schrien aus voller Kehle um Hilfe.

Rick setzte sich bolzengerade im Bett auf, und seine grauen Augen starrten die beiden Schreier verwirrt an. Dann hob er seine drohende Hand gegen den Vetter.

„Mensch Meier", schnaubte er. „Es gibt doch sicher auch andere Methoden, um jemanden zu wecken."

Scotty und Danny sahen sich erschrokken an. Dann lächelten sie. Rick kochte vor Zorn.

„Wir haben gar nicht versucht, dich zu wecken, Rick“, entschuldigte sich Scotty. „Die Tür ist verschlossen. Wir wollten jemanden darauf aufmerksam machen, damit man uns hinaus läßt.“

Nun versuchte Rick, die Tür zu öffnen; er warf sich mit seiner ganzen Kraft dagegen. „Merkwürdig“, murmelte er. „Wer kann uns denn hier einschließen wollen?“

„Diese Frage habe ich mir auch schon gestellt“, entgegnete Danny. Er fuhr mit der Hand durch sein sonnengebleichtes Haar. „Aber bis jetzt haben wir es noch nicht herausgefunden.“

„Komm, Rick“, sagte Scotty ruhig. „Wir könnten es ja einmal als Trio versuchen. Jemand muß uns schließlich hören – auch durch diese dicken Wände hindurch.“

Sie holten tief Atem, um sich für ihren gemeinsamen Hilfeschrei zu rüsten, als plötzlich die Tür aufging und sie dem Arzt gegenüberstanden. Erleichtert traten sie zurück. Scotty rief ihm entgegen: „Warum hat man uns hier eingeschlossen?“

„Aber nein“, lächelte der Arzt. „Die Tür ist von innen schwer zu öffnen, sie klemmt manchmal.“ Entschuldigend zog er die Augenbrauen hoch. „Bis heute abend werden wir die Sache in Ordnung bringen.“

„Dann ist jetzt also Tag?“ fragte Danny.

„Eigentlich nicht. Schaut mal, dort drüben sind die Duschen. Mit etwas Wasser und Seife läßt sich einiges machen. Und hier – ich denke, daß ihr noch ein paar Sachen zum Anziehen brauchen könnt. Hoffe, daß die Dinger einigermaßen passen.“ Er grinste. „In der Kombüse wartet noch eine warme Mahlzeit auf euch. Ihr beeilt euch, nicht wahr? Da fällt mir ein – ich heiße Brad Ferral – ihr könnt mich Brad nennen.“

Scotty nahm das Handtuch und die Kleider in Empfang. „Wie geht es meiner Schwester? Ist sie in Ordnung?“

„Aber ja! Sie ist an Deck und liegt auf

einem Ding, das man mit einiger Phantasie als Liegestuhl bezeichnen könnte. Beeilt euch, dann bringe ich euch zu ihr."

Sie beeilten sich, obwohl die warme Dusche eigentlich zu angenehm war, um sie schnell zu verlassen. Die Kleider saßen zwar nicht wie angegossen, aber sie waren sauber und trocken, und das wußten sie zu schätzen.

Brad führte sie nicht durch das Unterdeck in die Küche, sondern zuerst nach oben. Die Küche lag neben dem Ruderhaus, man mußte über eine kurze Leiter hinunterklettern. Scotty wunderte sich, daß Brad diesen Weg wählte. Vielleicht weil Susan auf dem Oberdeck war?

Wie versprochen brachte Brad Scotty sofort zu seiner Schwester, und für einen Augenblick vergaßen beide, daß sie jemals böse Worte miteinander gewechselt hatten. Sie umarmten sich voller Freude.

Sie alle waren noch wacklig auf den Beinen und wären am liebsten wieder zu Bett gegangen. Aber es war auch nötig, miteinander zu reden. So saßen sie denn um den runden Tisch in der Kombüse, steckten die Köpfe zusammen und besprachen alle Einzelheiten ihrer Rettung.

„Zuerst einmal“, erklärte Susan, „heißt unser Schiff ‚Black Mary‘, falls ihr das noch nicht wißt. Klingt ziemlich unheilvoll, nicht wahr? Brrr! Aber die Leute hier scheinen ganz nett zu sein.“ Sie zog eine Grimasse. „Sogar Kapitän Whithers. Nur – ich mag ihn nicht besonders.“

Scotty nahm einen großen Schluck Milch. Es war zwar nur Pulvermilch, aber sie schmeckte ihm trotzdem. „Weshalb sagst du so etwas?“ Er verriet nicht, daß der Kapitän aus einem unerforschlichen Grund auch in ihm ein gewisses Unbehagen weckte.

„Er ließ mich heute nachmittag zu sich rufen. Könnt ihr euch das vorstellen?“ Susan rümpfte die Nase. „Er sagte, er habe großes Interesse an uns allen und wolle uns helfen. Er wollte eine Menge wissen. Wo wir wohnen, von wo aus wir gesegelt waren, wie die „Lustige Witwe“ Feuer gefangen hat und so weiter. Dann hat er sogar nach unseren Eltern gefragt! Nichts hat er vergessen.“

„Ich glaube, es ist ganz normal, daß er das alles wissen wollte“, grübelte Rick. „Die große Frage lautet jetzt aber: wohin fahren wir? Und was machen wir, wenn wir dort ankommen?“

Susan lehnte sich nach vorne. Sie sah müde aus und war dünn geworden. „Nun ja“, antwortete sie und fuhr mit der Zunge über ihre verbrannten, verkrusteten Lippen. „Wir steuern nach Singapur.“

„Singapur!?“ riefen Scotty, Danny und Rick wie aus einem Mund.

„Stimmt, Jungens – Singapur! Im Erdkundeunterricht haben wir gelernt, daß diese Stadt der Schmelztiegel der Welt ist. Jeder kann dort alles kaufen oder verkaufen. Dort leben Arme und Reiche, dort findet man die erlesensten Kunstwerke, die exotischsten Nahrungsmittel und so weiter. Na, wie dem auch sei“, fuhr sie fort, „sobald wir angekommen sind, will Kapitän Whithers uns den Weg zur amerikanischen Botschaft zeigen. Die Leute dort werden sich um uns kümmern."

„Weshalb bringt er uns nicht selbst dorthin?"

Susan zuckte die Achseln. „Vielleicht tut er es. Ich weiß es nicht. Er hat nur gesagt, daß er uns den Weg dorthin zeigen will."

Sie schwiegen. Scotty machte ein ernstes Gesicht. Endlich meinte er: „Wir können mehr als froh sein, daß wir nun in Sicherheit sind, saubere und trockene Klamotten haben und nicht mehr frieren müssen. Aber jetzt möchte ich unbedingt wissen, wie es Vater und Mutter geht."

Susan sah weg. „Ich mach mir keine Sorgen, Scott. Ich glaube, daß man sie lange vor uns gerettet hat."

Danny schnippte mit den Fingern. „Sag mal, hat Kapitän Whithers nicht einen Funkspruch durchgegeben, daß die ‚Black Mary' uns aufgenommen hat? Das macht man doch so, nicht wahr, Rick? Man nennt doch dabei die Zahl und die Namen der Überlebenden?“

Rick kratzte sein mageres, knochiges Kinn. „Stimmt, das macht man normalerweise. Ich frage mich, ob der Kapitän es auch getan hat. Der Doktor hat nichts davon erwähnt, als er uns am Morgen herüberbrachte.“

„Dann werden wir es herausfinden müssen“, sagte Scotty und trank den letzten Tropfen Pulvermilch. „Jetzt fällt mir noch etwas ein. Hat jemand Sim gesehen?“

Susans hübscher Mund verzog sich. Sie nickte. „Ich habe ihn gesehen.“

Die anderen warteten gespannt. „In guter Verfassung?“

„Er lag zusammengekauert in einer Rolle Tau. In der Hand hielt er eine Whiskyflasche – er war stockbesoffen“, seufzte Susan. „Ich mußte an einen Säugling denken, der mit dem Schnuller in der Hand einschläft.“

„Armer Sim“, murmelte Scotty voller Mitleid.

„Ihr solltet übrigens alle wieder ins Bett gehen", sagte plötzlich eine Stimme neben ihnen. Brad blinzelte ihnen mit seinen dunklen Augen zu. „Ich möchte euch alle noch einmal untersuchen und die Wunden an euren Füßen behandeln. Übrigens", sagte er, als er die drei zu ihren Quartieren begleitete, „wir haben einen Funkspruch aufgefangen, der besagt, daß das andere Boot mit allen Insassen gerettet wurde und daß sie zum Festland unterwegs sind."

„Oh, das ist ja großartig!" rief Scotty. Freude und Dankbarkeit erfüllte ihn. „Mensch, bin ich froh!"

„Wissen sie, daß wir auch gerettet sind?" fragte Susan schnell. „Der Kapitän weiß doch sicher, auf welchem Schiff unsere Leute sind? Man könnte ihnen doch funken, daß wir von der ‚Black Mary' aufgenommen worden sind!"

Der Schalk in den dunklen Augen verschwand, und ein Ausdruck von Trauer trat an seine Stelle. Dann war auch der verschwunden – so schnell, daß Scotty und seine Schwester dachten, sie hätten sich das nur eingebildet.

„Der Funker wird sich damit befaßt haben. Was ich vom Funken verstehe, hat unter eurem Daumennagel Platz. Ich bin Arzt, kein Funker. Verstanden?"

Scotty war mit dieser Antwort zwar nicht ganz zufrieden, aber er sagte sich, daß er einfach noch nicht klar denken konnte. Der Funker hatte sicher sofort geantwortet. Es gab ja keinen Grund, das nicht zu tun. So streckte sich Scotty beruhigt auf dem Bett aus und erlaubte Brad, ihn noch einmal zu untersuchen.

Als der Arzt sie verlassen hatte, schliefen die Jungen wieder ein und erwachten erst am nächsten Morgen gegen neun Uhr. Es schien ihnen unglaublich, daß sie so lange geschlafen hatten.

Die drei standen auf und gingen zur Tür. Sie hatten Hunger, und sie wollten Susan suchen. Scotty drehte mit aller Kraft an dem Türknauf. Zu seiner großen Überraschung gab die Tür sofort nach.

„Brrr!“ rief Danny leise. „So einfach war die Sache gestern nicht!“

Scotty starrte sie an und schüttelte den Kopf. „Welche Überraschung!“ Dann zuckte er die Achseln. „Na ja, wie das auch zugeht – wir wollen Susan suchen.“ Er warf noch einen letzten verwunderten Blick auf diese merkwürdige Tür.

Sie kletterten nacheinander an Deck und versuchten, sich zu erinnern, welchen Weg sie gestern zur Küche eingeschlagen hatten. Endlich zeigte Rick nach vorne und dann nach rechts, und sie folgten der angegebenen Richtung. Sie sahen ein paar Matrosen auf dem vorderen Deck und den Rücken von Kapitän Whithers, der an der Reling stand. Was sie nicht sahen, waren die durchdringenden Augen, die sie aus dem Steuerhaus beobachteten.

Als sie ihren Weg um herumliegende Kisten und Taue suchten, stießen sie plötzlich auf die Mannschaft. Aber was für eine Mannschaft!

Die drei Jungen blieben wie gebannt stehen, obgleich keiner hätte sagen können, weshalb. Sie starrten erst einander und dann wieder die Matrosen an. Das waren ja lauter junge Burschen, keiner von ihnen älter als sie selbst! Und sie trugen – bis auf die Marinemützen, die auf ihren Köpfen saßen – die gleiche Kleidung wie sie.

Scotty zählte sie. Es waren genau zwölf Jungen. Einige schrubbten das Deck. Andere polierten Messing. Wieder andere rollten Taue auf. Alle waren emsig an der Arbeit.

Aber das war nicht der Grund, weshalb diese Mannschaft die Aufmerksamkeit der Jungen so erregte. Es war die absolute, fast unheimliche Stille, die die Matrosen umgab. Keiner lächelte, keiner sprach. Neben ihnen, grobschlächtig und grimmig, stand ein Mann, den Brad mit Sharkey angeredet hatte. Auch er schwieg, und auf seinem Gesicht war nichts anderes als Haß und Groll zu lesen.

Susan hört mit

Scotty blieb der Mund offen. Sogar Rick war sprachlos. Dann streckte Scotty den Arm aus und gab den anderen ein Zeichen, sich lautlos zurückzuziehen. Eine innere Stimme warnte ihn. Vermutlich sollten sie weder diese merkwürdige Mannschaft noch deren Aufseher je zu Gesicht bekommen.

Er hatte recht. Kaum waren sie hinter dem Steuerhaus verschwunden, erklang neben ihnen eine wutschnaubende Stimme. Sie gehörte Kapitän Whithers. Mit hochrotem Gesicht und einem Stoppelbart kam er auf sie zu wie ein wildgewordener Stier.

„Was habt ihr hier zu suchen?" brüllte er, und sein Gesicht wurde zusehends dunkler. „Ihr habt hier auf Deck ohne Erlaubnis nicht herumzulungern!"

„Erlaubnis? Was meinen Sie damit?"

„Nun, ihr seid hier Gäste, vergeßt das nicht! Wir haben euch vor dem sicheren Tod gerettet." Der grimmige Bulle warf einen Blick nach hinten, und Scotty hatten den Eindruck, daß er Sharkey ein Zeichen gab.

Jetzt wurde Rick wütend. „Mein Vater ist reich! Es wird ihm ein Vergnügen sein, Ihnen alles zu vergüten, was Sie für uns tun. Machen Sie sich deswegen keine Sorgen!"

Scotty stupste ihn mit dem Zeigefinger. „Kapitän Whithers, wir wissen, daß wir Ihre Gäste sind, und wir wollen uns auch so benehmen. Wir sind nur an Deck gekommen, weil wir Hunger hatten und ..."

Der Kapitän hatte sich etwas beruhigt. „Schon gut, Kinder. Vergeßt es. Ich war zu voreilig. Aber ich möchte euch trotzdem nirgendwo anders sehen als dort, wo ihr hingehört – in eurer Kajüte. Nachts habt ihr im Bett zu sein, und zur Essenszeit wird euch jemand holen. Die übrige Zeit verbringt ihr in eurer Bude."

Danny hob den Kopf hoch. Ein Wasserstrahl traf sein Haar und ließ unzählige glitzernde Tropfen funkeln, die aussahen wie Juwelen. „Soll das heißen, Sir, daß wir niemals auf dem Schiff spazierengehen können? Daß wir die ganze Zeit über in unserer Kabine bleiben müssen? Wie ...", er zögerte, platzte aber dann heraus, „... wie Gefangene?"

Das Gesicht des Kapitäns lief wieder rot an, und alle erwarteten einen neuen Wutausbruch. Aber der Mann beherrschte sich und brachte sogar ein leises Kichern zustande. Seine Augen schienen die drei zu durchbohren wie scharfes, farbloses Glas. „Natürlich seid ihr keine Gefangenen", beruhigte er sie. „Aber wir sind hier auf einem Frachter, und ich bin geschäftlich unterwegs. Ich habe keine Zeit für eine wilde Kinderschar, die überall ihre Nase hineinsteckt." Er legte seine schwere, schwielige Hand auf Scottys Schulter. Unter dem

Druck verlor der Junge beinahe das Gleichgewicht. „Kümmert euch also nur um eure eigenen Angelegenheiten, und wir werden bestens miteinander auskommen." Er warf einen hastigen Blick über die Schulter. „Okay, ich glaube, daß ihr Hunger habt. Ich werde Harry bitten, eure Schwester zu holen. Ihr könnt dann zusammen essen. Vielleicht zeige ich euch nachher das Schiff, um eure Neugier zu befriedigen." Er lächelte und zeigte seine großen, gelblichen Zähne. „Ich glaube, ihr seid noch nie auf einem Schiff gewesen, das so groß ist wie die „Black Mary."

Rick zuckte die Achseln. „Ich schon. Sogar oft. Sie können mir ruhig glauben – " Er fing Scottys Blick auf und schwieg.

Sie gingen hinunter, aber von den Jungen war nichts mehr zu sehen. Auch Sharkey war verschwunden. Nur ein paar ältere Matrosen standen herum, unter ihnen Sim. Er war beinahe nüchtern. Als er Scotty und die anderen sah, zog er den Kopf ein und schlich wie ein geprügelter Hund davon.

Die Jungen setzten sich auf die Hocker in der Kombüse und warteten auf Susan. Ein Mann mit einer schmuddeligen Schürze stellte ihnen eine Platte mit harten Keksen hin. Dazu eine Kanne mit lauwarmem Kaffee, auf dem Fettaugen schwammen, und ein paar übriggebliebene Rühreier aus Eipulver. Ja, die Speisekarte war wirklich abwechslungsreich! Nun, sie hatten immerhin etwas zu essen, und dafür waren sie dankbar.

Kapitän Whithers sorgte dafür, daß Scotty keine Zeit fand, mit Susan allein zu reden. Er saß während des ganzen Frühstücks bei ihnen und trank Tasse um Tasse von dem scheußlichen Kaffee, als wäre er entschlossen, ihnen nicht eine einzige Minute unter vier Augen zu gönnen.

Der Himmel war bewölkt, das Meer alles andere als ruhig. Die Wogen schlugen heftig an den Bug des Schiffes. Salzgischt sprühte über die Reling, und es war nicht einmal unangenehm.

Brad Ferral ging gerade vorbei, als die

Jungen die Kombüse verließen, und winkte ihnen freundlich zu. Als er sah, daß der Kapitän bei ihnen war, gefror sein Lächeln und der Arm, mit dem er eben noch gewinkt hatte, fiel kraftlos herunter.

Harry Griffen, der erste Unteroffizier, begleitete sie auf ihrer kurzen Besichtigungstour. Er zeigte ihnen das Steuerhaus, erklärte ihnen, wie man Segel setzt, und führte sie auf dem Deck herum. Zu Scottys Überraschung durften sie die Kapitänsjacke sehen und ein paar andere Schlafkojen. Sonst sahen sie vom Inneren des Schiffes wenig. Sie erfuhren weder, welche Art Waren das Schiff führte noch wo die mysteriöse, schweigsame Mannschaft untergebracht war. Harry Griffen machte keinerlei Andeutungen.

Scotty wußte, daß es auf dem Schiff vorne und hinten große Laderäume gab, aber Harry erwähnte nichts davon und bot ihnen erst recht nicht an, diese zu besichtigen. Die Jungen fanden es sei besser, nicht danach zu fragen.

Der Unteroffizier öffnete die schwere Kajütentür, um die Jungen in ihren Schlag zu bringen. Susan steckte ihren Kopf unter seinem Arm durch.

„Ich habe noch nie gesehen, wo ihr untergebracht seid“, erklärte sie schnell. Als sie den warnenden Blick des Bruders auffing, sprach sie nicht weiter. Eigentlich hatte sie sagen wollen: „Ich muß dringend mit euch reden.“

Er verstand sie, konnte aber nicht darauf eingehen. „O ja, es ist herrlich, wieder ein Bett zu haben, auf dem man sich ausstrekken kann, Susan. Bis später!“ Dann hatte er einen Einfall. Lachend rief er: „Komm uns doch mal besuchen!“

Die Tür wurde hinter ihnen geschlossen. Obwohl sie nichts hören konnten, wußten sie, daß der Schlüssel im Schloß gedreht wurde. Sie waren wieder eingeschlossen! Die drei setzten sich auf die harte Bank, um die Lage zu besprechen.

„Weshalb hält man uns gefangen?“ fragte Danny leise.

„Am liebsten würde ich diesem Kapitän Whithers eins in die Fresse hauen“, knirschte Rick mit zusammengebissenen Zähnen. „Woher nimmt der Kerl die Frechheit, uns wie dumme kleine Gören zu behandeln?“

Scotty strich sein braunes Haar zurück und seufzte. „Rick, wenn wir aufsässig werden, ist es um uns geschehen. Wir müssen einfach gute Miene zum bösen Spiel machen, wenn wir heil nach Hause kommen wollen.“

Danny nickte. „Ich fürchte, Scotty hat recht.“ Er wies auf die Tür. „Jemand hat eine Dummheit gemacht. Die Tür sollte heute morgen bestimmt verschlossen sein. Deshalb war der Kapitän so überrascht und verärgert, als er uns herumspazieren sah.“

Rick nickte finster. „Habt ihr bemerkt, wie schnell die Jungen, die das Deck schrubbten, verschwunden waren? Ich glaube, sie sind der Grund, weshalb man uns immer einschließt. Wir sollen nichts von ihrer Existenz erfahren.“

„Ja, das glaube ich auch. Aber warum nicht?“ wollte Scotty wissen. „Warum hat er so junge Matrosen? Wer sind diese Jungen, und woher kommen sie?“

Auf diese Fragen wußte keiner eine Antwort. Scotty überlegte, ob Susan ebenfalls eingesperrt war. Wenn ja, würde es ihr unmöglich sein, mit ihm Kontakt aufzunehmen. Was wollte sie überhaupt mit ihnen besprechen?

Ricks Uhr hatte als einzige das Salzwasserbad heil überstanden. Er zog sie immer sorgfältig auf, damit sie stets wußten, wie spät es war. Es war genau sechs Uhr zwanzig, als ihre Tür wieder aufgeschlossen wurde und man ihnen erlaubte, in der Kombüse das Abendessen einzunehmen. Susan wartete schon, aber sie waren wieder nicht allein. Der Kapitän, von anderen Pflichten in Anspruch genommen, hatte den jungen Arzt gebeten, mit ihnen zu essen.

Scotty hatte den Eindruck, daß Susan und Brad sich bereits sehr gut kannten. Sie neckten einander und schienen die gemeinsame Mahlzeit zu genießen.

„Und wo steckt der gute Kapitän heute?“ fragte Susan so nebenbei.

Zu ihrer Überraschung wurden Brads dunkle Augen schmal, und ein Ausdruck von Unbehagen zeigte sich in seinem Gesicht. „Der gute Kapitän“, entgegnete er ruhig, „ist unter Deck und widmet sich anderen Aufgaben.“

„Brad“, erkundigte sich Susan, „warum müssen wir immer einen Wachhund bei uns haben, der uns auf Schritt und Tritt folgt?“

Der Mediziner lachte. „Vielen Dank! Bis jetzt hat mich noch niemand als Wachhund taxiert. Im Gegenteil, ich dachte, daß ihr jungen Leute meine Gesellschaft zu schätzen wüßtet.“

„Tun wir auch“, versicherte Susan schnell. „Es kommt mir nur merkwürdig vor, daß immer jemand vor meiner Tür steht und mich beobachtet. Als ob ich davonlaufen würde! Ich kann zum Beispiel nicht begreifen“, fuhr sie langsam fort und wählte sorgfältig ihre Worte, „daß ich nie Gelegenheit habe, mit meinem Bruder allein zu sprechen."

Brad erhob sich lächelnd und verbeugte sich tief. „Ich sehe nicht ein, weshalb das nicht möglich sein sollte. Ich gebe euch hiermit fünf Minuten Zeit für ein Gespräch unter vier Augen", und er fügte schnell hinzu – „falls der Kapitän nicht auftaucht."

„Also werden wir doch unablässig beobachtet", fragte Danny mit zusammengekniffenen Augen. „Weshalb eigentlich?"

Brad zögerte mit der Antwort. „Nicht eigentlich. Aber wir haben wichtige Handelsware an Bord und möchten nicht, daß etwas Unangenehmes passiert."

Rick lehnte sich über den Tisch und flüsterte Brad ins Ohr: „Mensch, denkst du vielleicht, wir würden mit den geheimnisvollen Wertsachen davonlaufen?" Rick warf einen verächtlichen Blick auf Scott. „Sag es ihm, Scott, sag ihm, daß Jesus der einzige war, der je auf dem Wasser laufen konnte."

Scotty gab keine Antwort. Er wußte, daß es Rick hauptsächlich darum ging, eine Diskussion zu beginnen. Aber er würde nicht versuchen, Brad von Gott zu erzählen. Stattdessen zog er Susan beiseite. „Gib uns ein paar Minuten, Brad", bat er.

Als sie allein waren, flüsterte Susan ihrem Bruder ins Ohr: „Scotty, hör mir gut zu! Vielleicht hängt unser Leben von meiner Mitteilung ab."

Er starrte sie an. „Was sagst du da, Susan?"

„Letzte Nacht erwachte ich und verließ meine Koje, um einen kleinen Spaziergang auf Deck zu machen."

„Ich dachte, du hättest kein Schloß an deiner Tür, und es stehe ständig ein Wachtposten davor."

„Ich habe einen Wachtposten, aber das wußte ich zuerst nicht. Er muß für einen Augenblick weggegangen sein. Scotty, jetzt paß auf und hör mir gut zu." Sie sah sich um, um sicher zu sein, daß niemand mithörte. „Ich sah Kapitän Whithers und diesen Harry Griffin am Boden kauern und hörte sie miteinander flüstern. Als ich näher kam, verstand ich, was sie sagten."

Scotty zog die Brauen hoch. „Na und?"

„Kapitän Whithers sagte, daß die junge Mannschaft unter allen Umständen von uns ferngehalten werden müsse. Wenn wir herausfänden, was mit ihnen los sei, koste es unsere Köpfe. Er sagte auch etwas über Ricks reichen Vater und meinte, daß man daraus großen Gewinn ziehen könne."

„Was wollte er damit sagen? Und was soll das mit der Mannschaft bedeuten?"

„Ich wollte, ich wüßte es", antwortete Susan mit einem geheimnisvollen Unterton in der Stimme. „Aber ich möchte nicht meinen Hals riskieren."

Das Unglück

„So, ihr zwei“, lachte Brad und schnippte mit den Fingern. „Für euch ist's Zeit ins Bett zu gehen. Ich will mir noch eure Füße ansehen und die Verbände erneuern. Ich glaube, die Wunden heilen gut.“ Er winkte ihnen zu kommen. „Los, sonst gibt's Schwierigkeiten mit dem Kapitän.“

Scotty lächelte ihm zu. „Du bist ein netter Kerl, Brad.“

Zuerst brachten sie Susan auf ihr „Zimmer“. Brad versprach, noch einmal vorbeizukommen und ihren Verband zu wechseln. In der Kajüte der Jungen angekommen, setzte sich Brad auf Scottys Bett. Vorsichtig strich er Salbe auf die wunden Stellen und umwickelte die Füße mit sauberem Verbandmull.

„Sagt mal, was treibt ihr eigentlich den ganzen Tag da unten? Euer Licht wird abends früh gelöscht, und ihr könnt nicht einmal lesen. Womit schlagt ihr eure Zeit tot?"

Rick lief rot an, ließ den Kopf hängen und die Hände zwischen den Beinen baumeln. „Ich will dir verraten, wie die beiden sich die Zeit vertreiben! Ob du es glaubst oder nicht – sie sagen Bibelverse auf, und zwar laut, jawohl! Eine oder zwei Stunden lang muß ich Bibelverse anhören. Ich bin hier mit zwei Spinnern eingesperrt!"

Brad sah auf. „Stimmt das wirklich?"

„Wir haben keine Bibel bei uns, Brad. Und wir brauchen Gottes Wort. Damit wir es nicht vergessen, sagen wir die Verse immer wieder auf und auch die Bibelstelle, an der sie zu finden sind."

Brad spitzte die Lippen. „Okay Scott, sag mir einmal, was in Johannes 3 Vers 16 steht."

Überrascht fragte Scott: „Weißt du es denn, Brad?"

Damit hatte Brad nicht gerechnet. Er hob rasch den dunklen Lockenkopf und sagte: „Es hat eine Zeit gegeben, da wußte ich es möglicherweise. Genau kann ich das nicht sagen. Ich hab' mich nur gefragt, ob das einer von den Versen ist, die ihr abends zitiert."

Scotty nickte. Er zuckte vor Schmerz zusammen, als Brad den Verband fester anzog. „Hör zu, Brad, der Vers heißt so: „Gott liebte die Welt – oder persönlicher – Gott liebte Brad Ferral so sehr, daß er seinen einzigen, geliebten Sohn gab, damit Brad, wenn er an ihn glaubt, nicht verloren ist, sondern ewiges Leben hat."

Schweigend beendete Brad seine Arbeit. Als er fertig war, wandte er sich zur Tür, ohne Scott anzusehen. „Du hättest das niemals so persönlich formulieren dürfen", war sein einziger Kommentar.

Am folgenden Tag stellte Scotty erstaunt fest, daß Sim immer noch nüchtern war, obwohl Kapitän Whithers anfangs mit seinem Whisky so großzügig gewesen war. Der alte

Seebär lauerte vor dem Büro des Kapitäns. Seine Miene besagte, daß er für einen Tropfen Alkohol vor ihm kriechen würde.

„Das verstehe ich nicht“, sagte Scotty zu den anderen Jungen. „Warum gibt ihm der Kapitän nichts mehr zu trinken? Und warum hat er es zuerst mit Sim aufgenommen?“

Danny zuckte die Achseln. „Keine Ahnung. Hier gibt es so viele unverständliche Dinge, daß man damit ein Buch füllen könnte. Wir können froh sein für die paar Minuten, die wir an Deck spazierengehen dürfen, wenn die Sonne scheint.“

„Du hast recht“, nickte Rick. „Nachts muß es toll sein dort oben. Ich glaube, jetzt ist Vollmond. Vollmond auf dem Meer – das ist einfach großartig!“

„Wir werden es nie zu sehen bekommen“, brummte Scott enttäuscht.

Brad erschien mit schwungvollem Schritt und breitem Lächeln. „Ihr könnt heute ein wenig länger an Deck bleiben, wenn es dem Kapitän nicht besser geht.“

Scotty sah schnell auf. „Besser? Ist er denn krank?“

„Ja. Er hat sich den Magen verdorben.“

„Sim sieht auch nicht gerade blendend aus“, bemerkte Danny.

Brad warf ihm einen kurzen Blick zu. Dann sagte er langsam: „Ich fürchte, daß sich der Arme vergeblich nach einer Whiskyflasche sehnt.“

Es war herrlich, an diesem Morgen mehr Freiheit als gewöhnlich zu genießen. Sogar das Frühstück war besser geworden. Susan strahlte über das ganze Gesicht, als sie die anderen an der Reling traf.

„Ich habe das Gefühl, als ob die Augen des Steuermannes uns durchbohren würden“, sagte Susan nach einer Weile.

„Mir geht es genauso“, nickte Rick. „Hey, Susan, Scotty hat uns erzählt, was du da aufgeschnappt hast. Bis jetzt ist nichts passiert, oder?“

Sie lachte. „Nein. Aber es liegt etwas in der Luft. Letzte Nacht hatte ich nicht einmal meinen Wachtposten vor der Tür. Ich glaube, Kapitän Whithers hält mich für ziemlich harmlos, weil ich ein Mädchen bin. Im übrigen – wie dürfte ich es wagen, nachts allein auf seinem Schiff herumzuschnüffeln? Da hat er recht. Aber es gibt immer noch eine Menge Fragen, auf die ich gerne eine Antwort hätte."

„Wenn man uns nicht einsperren würde", grollte Danny, „könnten wir wahrscheinlich auf Entdeckungsreisen gehen und uns die Antworten selbst holen."

Die Jungen gingen zu den vorderen Masten und ließen Susan allein zurück. Sie sahen den etwa vierzehnjährigen Jungen nicht, der direkt neben Susan an einer Leiter hochkletterte. Sie hörten auch nicht sein heiseres Geflüster: „Bitte, hilf mir, von diesem Schiff wegzukommen, wenn wir in Singapur sind. Hilf uns allen!"

Im gleichen Augenblick legten sich zwei Arme wie ein Schraubstock um den Jungen und zerrten ihn vor Susans erstaunten Augen weg vom Deck.

Sie wollte sofort Scotty zu Hilfe holen,

aber da stand plötzlich ein Mann neben ihr. Obwohl er kein Wort sprach, wagte sie kaum, sich zu bewegen. Der Mann schien ein gewöhnlicher Matrose zu sein, aber sein Blick war so drohend, daß Susan Gefahr witterte. Weshalb, wußte sie allerdings nicht.

Als Scotty und die anderen Jungen wieder zu ihr zurückkamen, fühlten sie, daß etwas nicht in Ordnung war. Scotty fing den Blick der Schwester auf und sah den Mann neben ihr, mit steinerner Miene, ohne das kleinste Lächeln auf dem Gesicht. Was war hier vorgegangen? Scotty hatte keine Ahnung. Alle standen gespannt und schweigend da und warteten, daß etwas passierte. Sim lag zusammengekauert in einer Taurolle. Die Arme hatte er um den Leib geschlungen, sein ganzer Körper zitterte heftig. Als Brad endlich die Kapitänskajüte verließ, begegnete ihm Scotty.

„Kannst du nichst für Sim tun?" fragte er. „Man muß ihm doch irgendwie helfen können."

„Nicht ohne Order des Kapitäns“, entgegnete Brad leise.

Scotty drehte sich auf seinen wunden Fersen herum. „Laß mich mit dem Kapitän sprechen ...“

Brad packte ihn beim Arm. „Schlag dir das aus dem Kopf. Sei kein Narr!“ Er warf einen Blick auf den Matrosen, der bei Susan und den anderen beiden stand. Betroffen wandte er sich wieder an Scott. „Komm mal her, Scotty!“

Sie gingen ein paar Schritte weiter und blieben außer Hörweite stehen. Brad steckte eine Hand in die Hosentasche, mit der anderen hielt er sich an einem Stahlseil fest.

„Weißt du, was du für Sim tun kannst? Bete für ihn. Du glaubst an die Macht des Gebets, Scott. Ich weiß es.“

Scott holte tief Atem und nickte. „Ja, ich glaube daran, Brad, und ich bin fest davon überzeugt, daß Gott unsere Gebete erhört und uns aus der Seenot gerettet hat.“ Er betrachtete aufmerksam das Gesicht des Arztes. „Du weißt, daß ich mir immer wieder die gleiche Frage stelle: Wie kommt ein netter Mensch wie du dazu, auf einem Frachter wie diesem anzuheuern? Und noch dazu bei einem solchen Kapitän?"

Brad schaute hinüber in die schäumenden Wogen. „Scotty, du bist der erste, der mich ernsthaft zum Nachdenken gebracht hat. Weshalb bin ich eigentlich hier? Siehst du – ich liebe das Meer, und ich liebe meinen Beruf. Möglich, daß ich einfach deswegen diesen Job angenommen habe."

Scotty sah ihm direkt in die Augen. „Weshalb hast du nicht einen entsprechenden Job auf einem Liniendampfer angenommen?"

Brad war mattgesetzt. Er brachte nur ein gezwungenes Lächeln zustande. „Mensch, du nervst mich! Vergiß es, ja?"

Es lag eigentlich nicht in Scottys Natur, allzu tief zu graben. Aber diesmal konnte er nicht anders. „Bist du irgendwie in Schwierigkeiten, Brad? Ich weiß, daß du ein guter Arzt bist – zu schade, um für einen

Mann wie Kapitän Whithers zu arbeiten."

Seufzend beugte sich Brad über die Reling und hakte die Finger ineinander. „Scotty, weißt du, was ein Wucherer ist?"

Scotty dachte einen Augenblick nach und schüttelte den Kopf.

„Ein Wucherer ist ein Mann, der einem anderen Geld leiht und es nach einer gewissen Zeit mit sehr hohen Zinsen wieder zurückverlangt."

Scotty runzelte die Stirn. „Ist das denn erlaubt?" wollte er wissen.

„Nein, Scott, es ist nicht erlaubt. Wer sich einmal von einem solchen Kerl Geld geborgt hat, gerät in Schwierigkeiten, wenn er nicht pünktlich zurückzahlen kann."

„Aber du – du bist doch kein Wucherer, Brad?"

Der Arzt lachte. „Nein, aber ein Angeber. Ich borgte mir den neuen Sportwagen eines Freundes für ein Rendezvous. Das Dumme war nur, daß mein Freund in Kalifornien war und keine Ahnung davon hatte. Ich fuhr den Wagen jedenfalls zu Schrott und geriet in Panik. Da borgte ich mir 600 Dollar bei einem solchen Blitz-Verleiher. Innerhalb von zwei Wochen sollte ich 1000 Dollar zurückzahlen. Das war natürlich unmöglich."

„Und wie ging's dann weiter?"

„Na ja, ich ließ das Auto meines Freundes reparieren, aber die Wucherer hatten mich natürlich in der Zange. Damals studierte ich noch. Die Kerle drohten mir per Telefon. Sie riefen auch meine Professoren an und verbreiteten Lügen über mich – solange, bis ich hinausflog. Ich hatte dann zwei Jobs, und sie warteten nach der Arbeit auf mich. Zweimal haben sie mich verprügelt. Das Leben wurde für mich zur Hölle, und ich lief vor allem davon." Brad verzog den Mund zu einem schwachen Lächeln. „Ich wußte, daß der Kapitän nicht gerade den besten Ruf hatte, aber ich wollte um jeden Preis verschwinden."

„Brad?" Scotty sah ihm direkt in die Augen. „Was ist mit Johannes 3,16?"

Ein Schatten überflog Brads Gesicht. „Oh – nun, ich ging einmal zur Sonntagsschule, Scott. Du siehst, ich war nicht immer ein Heide!“

„Ich habe dich nie einen Heiden genannt, Brad. Aber hast du jemals Jesus als Retter angenommen?“

Der Arzt biß sich auf die Lippen. Er runzelte die Stirn. „Ich habe dir doch vorhin gesagt, Scott, du solltest die Sache nicht so persönlich angehen. Komm, es ist Zeit für dich, in deine Kajüte zu gehen.“

Scotty zuckte die Achseln. „Okay, Brad. Du bist hier der Boß.“

Dieser Tag schien ihnen länger als alle vorhergehenden zusammen. Die Jungen versuchten auszurechnen, wie lange es noch dauern würde, bis sie Singapur erreichten. Sie wünschten, sie hätten Brad danach gefragt. Von all den Leuten auf dem Schiff – das wußten sie – war Brad ihr einziger Freund.

Den vier jungen Leute wurde erlaubt, das Abendessen oben einzunehmen. Sie aßen so langsam wie nur möglich, um die kostbare Zeit in Freiheit auszunützen. Der Kapitän war immer noch krank und hatte sich den ganzen Tag nicht blicken lassen. „Wie lange dauert es noch?“ wollte Danny wissen.

„Noch vier Tage. Unsere Reise ist fast zu Ende.“ Der Arzt lächelte. „Bald werdet ihr per Flugzeug nach Hause gebracht.“

„Klingt großartig. Unsere Eltern haben doch die Nachricht von unserer Rettung bekommen, nicht wahr?“

„Aber sicher! Macht euch deswegen keine Sorgen.“ Brad schien nervös. Er sprang auf und lief rund um den Tisch. „Alles wird gut. Es ist nur noch eine Frage der Zeit.“

„Dürfen wir noch ein wenig an Deck bleiben, Brad?“ bettelte Susan. „Es ist ein so schöner Abend, und Kapitän Whithers ist nicht hier, um es zu verbieten.“ Ihr Herz klopfte zum Zerspringen. Wenn sie doch nur Gelegenheit hätte, Scotty von dem Jungen zu erzählen, der sie um Hilfe gebeten hatte, und von dem Matrosen, der den Jungen geschnappt und weggetragen und sie seither immer beobachtet hatte! Ausgerechnet jetzt stand dieser selbe Matrose neben dem Hauptmast und vergewisserte sich, daß sie keinen Augenblick mit ihrem Bruder allein sprach. Du liebe Zeit, in welchen Schlamassel waren sie da geraten!

Brad führte sein Quartett zur Reling. Der Matrose schloß sich ihnen einfach an. Er sagte nichts, sondern stand einfach da, und es sah aus, als ob er auch bleiben wolle.

Scotty stellte fest, daß es der gleiche junge Mann war, der schon den ganzen Morgen neben seiner Schwester an der Reling gestanden hatte. Das gefiel ihm ganz und gar nicht, obwohl er nicht hätte sagen können, weshalb.

Der Mond schien groß und rund und golden vom Himmel. Er zeichnete weit übers Meer eine Straße, die geradewegs in den Himmel zu führen schien. Seine Strahlen überzogen jede Welle wie mit Goldstaub. Die Sterne hoben sich vom Himmel ab wie

Millionen funkelnder Edelsteine vor einem dunklen Samtvorhang. Die jungen Leute wären gern die ganze Nacht oben geblieben, um den frischen Wind und das prächtige Bild zu genießen, das der sternenübersäte Himmel und die dunklen Wellen boten.

Nach ungefähr einer halben Stunde erklärte Brad, es sei für sie nun Zeit, hinunterzugehen. „Es ist wirklich spät geworden, Kinder“, sagte er freundlich. „Ich muß euch ins Bett schicken.“ Er lachte, und alle fielen in sein Gelächter ein. Es war ein vergnügter Abend gewesen, und keiner hatte Grund, sich über etwas zu beklagen.

Als sie unten an der Leiter standen, fing Scotty einen Blick von Susan auf, der ihm signalisierte, daß sie ihn dringend zu sprechen wünschte. Er wollte Brad bitten, ihn für einen Augenblick mit der Schwester allein zu lassen. Da entdeckte er, daß der unbekannte Matrose ebenfalls nach unten gekommen war. Der Gesichtsausdruck des Mannes machte ihn stutzig, und er schwieg.

„Gute Nacht, Susan“, nickte Brad. „Wir sehen uns morgen. Ich hoffe, daß du gut schlafen kannst.“ Er warf dem Matrosen einen merkwürdigen Blick zu, und Scotty fühlte, daß auch Brad beunruhigt war.

Scotty murmelte: „Gute Nacht, Schwesternherz“, und verschwand in dem engen feuchten Gang, der zur Kajüte der Jungen führte.

Niemand unter Deck bemerkte, was sich vier Stunden später an der Reling abspielte. Niemand hörte den durchdringenden Schrei, niemand sah den zitternden Mann, der wie ein erschrecktes Tier zur Kapitänskajüte kroch und Sekunden später – mit einer Whiskyflasche unter jedem Arm – davonschlich.

Eine Stunde später, als die Dämmerung anbrach, drehte sich ein Schlüssel im Schloß der Tür, hinter der die drei Jungen schliefen. Lautlos kam Brad herein und strich über Scottys Schulter. Sein Gesichtsausdruck war ernst und besorgt.

Scotty erwachte, als Brad ihn berührte.

Es dauerte ein Weilchen, bis er völlig klar war und sich aufsetzte. Trübes Licht drang vom Gang in die Kajüte.

„Brad? Was gibt's?"

Brad setzte sich auf die schmale Pritsche. „Scotty, ich muß dir etwas sagen, das mir sehr schwer fällt. Aber – für dich wird es noch viel schwerer sein."

Scotty blinzelte. „Wovon sprichst du? Meine Eltern!? Sind sie ..."

Der Arzt streckte die Hand aus. „Nein, nein, Scotty. Nichts dergleichen. Es geht um Susan."

„Ist sie krank?" erkundigte sich Scott. „Ich fand sie gestern abend schon ein wenig merkwürdig."

Brad kratzte sich am Kopf. Er biß die Zähne so fest zusammen, daß sein Kinn schmerzte. „Scott, es ist schlimmer. Viel schlimmer. Vor einer Stunde hat sich an Deck ein Unfall ereignet. Susan ist bei der Rauferei über Bord gegangen."

„Über Bord gegangen?" In Scotts Augen spiegelte sich Entsetzen. „Rauferei? Welche Rauferei? Wo ist sie denn jetzt?“ fragte er heftig. „Brad, wo ist meine Schwester jetzt?“

„Scott, man hätte sie bestimmt gerettet, aber ...“ er bedeckte sein Gesicht mit den Händen und flüsterte dann leise: „Es war zu spät.“

Scotty sprang auf und rief laut: „Brad, was soll das heißen? Wo ist meine Schwester?“ Furchtbare Angst schnürte ihm die Kehle zu.

Hilflos sah Brad zu ihm hoch. Dann sank sein Kopf. „Ertrunken, Scotty, Susan ist tot!“

Scott packte Brad bei der Schulter und schüttelte ihn wie einen Sack. Seine Augen waren weit aufgerissen, aber sie sahen nichts. „Nein, Nein!“ Er schrie so laut, daß Rick und Danny erwachten. „Nein, Brad, du irrst dich. Du mußt dich irren. Es kann nicht Susan gewesen sein! Es kann – es darf nicht sein!“ Er zitterte am ganzen Leib. „O Gott – nicht Susan! Bitte, bitte Gott – nicht meine Schwester!“

Sesam, öffne dich!

Scottys Knie wurden weich. Er mußte sich setzen. Die Farbe war aus seinem Gesicht gewichen, und die Augen glichen großen, braunen Höhlen. Er atmete schwer. Seine Brust hob und senkte sich wie bei einem Schwimmer.

„Sag das noch einmal", flüsterte er. „Du meinst doch nicht etwa, daß meine Schwester tot ist?" Brad betrachtete seine Fingernägel.

Danny zog die Stirn kraus. „Worüber redet ihr eigentlich? Was ist mit Susan los?"

„Sie ist über Bord gefallen", antwortete Brad langsam. „Sim war betrunken, und Susan war an Deck, und da ..."

„Was wollte sie denn mitten in der Nacht dort oben?" fragte Rick und sah auf seine Uhr.

„Ihr wißt doch, daß Susans Tür kein Schloß hat. Der Matrose, der dort Wache hielt, verließ seinen Posten um Mitternacht. Susan ging vermutlich an Deck, um die Sterne zu betrachten. Sim war betrunken. Er versuchte, sie zu küssen. Sie wehrte sich, und bei dem Kampf, der sich entspann, fiel sie über Bord", sagte Brad ernst. „Das wäre die Geschichte, Jungs."

„Wieso war Sim betrunken?" fragte Danny. „Ich dachte, der Kapitän hätte ihm keinen Whisky mehr gegeben."

Brad zögerte mit der Antwort. Er fuhr mit der Zunge über seine Lippen und sagte langsam: „Ich nehme an, daß der Kapitän Sims Zustand gesehen und seine Meinung geändert hat."

Rick fragte mit finsterem Gesicht: „Wie konnte er seinen Zustand bemerken, wenn er krank im Bett lag?"

Brad wand sich. „Wie soll ich das denn wissen? Vielleicht hat ihm der Koch den Whisky gegeben. So oder so – es war so, wie ich es euch erzählt habe." Langsam stand er auf. „Tut mir wirklich leid, Scotty. Wenn ich irgend etwas für euch tun kann, sagt es mir."

Scotty ging zur Tür und schaute in die Dämmerung hinaus. Müde preßte er den Kopf gegen das kalte Glas. „Ich glaube nicht, daß Sim etwas damit zu tun hat. Meine Schwester hat ganz einfach zu viel gewußt."

Brads Kinn wurde hart wie Stahl. „Was meinst du damit, Scotty?"

Scotty schloß die Augen. Er zitterte am ganzen Körper. „Weshalb sagst du mir nicht die Wahrheit, Brad? Sag mir, was Susan wußte. Was hat es mit der schweigsamen Mannschaft auf sich, die wir nicht sehen dürfen? Weshalb schließt man uns immer in der Kajüte ein? Was geht auf diesem Schiff vor, Brad?"

Der Arzt strich Scotty über den Kopf. „Es war Sim, Scotty. Ich sage euch die Wahrheit. Es tut mir wirklich leid. Ich komme später wieder zu euch." Vor der Tür zögerte er. „Ich gebe euch gerne ein

Schlafmittel, bis ihr über den ersten Schock hinweg seid."

Scotty preßte den Kopf immer noch gegen die schmale Glasluke. Er schüttelte den Kopf.

„Nun gut. Aber falls ihr eure Meinung ändert, laßt es mich wissen", sagte Brad, bevor er hinausging. Sie hörten noch das sanfte Klicken des Schlüssels, dann waren sie wieder Gefangene.

Scotty drehte sich um, setzte sich und sah seinen Freund an. „Ich kann es einfach nicht glauben, Danny. Ich kann nicht glauben, daß Susan nicht mehr da ist. Einfach weg! Mir kommt alles wie ein schlechter Traum vor."

Danny zeichnete eine unsichtbare Linie auf sein Kissen. „Mir geht es genauso, Scotty. Susan ist nicht mehr da – das ist, wie – wie wenn der Mond vom Himmel gefallen wäre."

„Ich kann mir nicht vorstellen", grübelte Rick, „daß Susan an Deck ging. Sie wußte, daß es gefährlich ist, sich auf dem Schiff zu bewegen – vor allem so früh am Morgen."

Grimmig schüttelte Scott den Kopf. „Zudem glaube ich nicht, daß Sim versucht hat, sie zu küssen. Ich glaube eher, Kapitän Whithers hat ihn mit Whisky dafür bezahlt, daß er Susan beiseite schaffte ... weil sie zu viel wußte."

Danny holte tief Atem. „Ich fürchte, du hast recht, Scotty. Du weißt ja, wie elend und heruntergekommen er war seit ihm der Kapitän nichts mehr zu trinken gegeben hatte. Er hat Sim solange zappeln lassen, bis er bereit war, für eine Flasche Whisky alles zu tun. Und dann befahl er ihm ... dann sagte er zu ihm ... na, du weißt schon ..."

Scotty fühlte sich wie gerädert. Wie sollte er das seinen Eltern beibringen? Wieder und wieder sagte er sich, daß es unmöglich wahr sein konnte. Es durfte nicht wahr sein. Es konnte unmöglich wahr sein! Oder vielleicht doch? Als die Jungen zum Frühstück nach oben gebracht wurden, stand der Stuhl, auf dem Susan immer gesessen hatte, leer. Niemand lachte und scherzte mit Brad. Susan war wirklich nicht mehr da!

Kapitän Whithers sandte eine Botschaft an Scotty, in der er sein Beileid aussprach. Er selbst kam nicht. Brad erklärte ihnen, daß der Kapitän immer noch mit einer Magenverstimmung zu Bett lag. Auch Harry Griffen ließ sich nicht blicken.

Das Schiff fuhr schnell, und die See war ruhiger als je zuvor. Keiner konnte richtig essen. Danny und Rick knabberten an harten Biskuits und stocherten in kaltem Rührei. Scotty stand an der Reling und starrte in die rollenden, rauschenden Wellen des Ozeans. Das Meer war ruhelos wie sein eigenes Herz. – Und irgendwo zwischen diesen Wellen ...

Schnell drehte er sich um. Er durfte nicht daran denken. Susan! Susan!

„Weshalb hast du das zugelassen, Gott?" fragte er leise. „Wie konntest du nur? Herr Jesus, warum? Warum hast du es zugelassen?"

Scotty drehte sich um, kletterte die Leiter hinunter und rannte durch den dunklen, feucht-kalten Gang in seine Kajüte. Dort warf er sich schluchzend auf die harte Pritsche. Endlich, als seine Tränen versiegt waren, wurde er ruhig, und die Bitterkeit gegen seinen Heiland war verschwunden. Aber eine Sorge, wie er sie nie zuvor gekannt hatte, lastete auf ihm.

Hatten die Jungen schon geglaubt, der Tag vorher sei langsam dahingeschlichen, so war es heute noch viel schlimmer. Rick sah alle paar Minuten auf die Uhr. Es schien, als ob die Zeit stillstehen würde. Die Stunden, die sie unter Deck verbringen mußten, waren beinahe unerträglich. Sie hatten nichts zu tun, nichts zu reden. Das Aufsagen der Bibelverse war hohl und uninteressant geworden, das Gebet eine unpersönliche Farce. Scotty klammerte sich an den Gedanken, daß der Glaube unabhängig von der Stimmung ist, in der man sich gerade befindet.

„Susan“, seufzte Danny wohl dutzendemal und lief in der kleinen Koje ständig hin und her. „Ich kann es einfach nicht glauben."

Aber die schreckliche Nachricht schien sich zu bestätigen: Susan war weg. Es war ihnen jetzt auch gleichgültig, ob sie an Deck durften oder nicht.

„Wißt ihr", grübelte Rick, „wenn das mit Susan ein geplanter Unfall war, können wir es nie beweisen. Die Besatzung hier hält zusammen wie Pech und Schwefel."

Scotty nickte unglücklich. „Das hab ich mir auch schon gedacht. Wer immer es auch getan hat – er wird ungestraft davonkommen. Keiner wird je die Wahrheit erfahren. Zudem – wir wissen ja überhaupt nichts."

Danny nickte. „Ja. Ein paar Matrosen sind noch sehr jung. Und diese merkwürdigen Jungen bekommt niemand zu Gesicht. Kann sein, man hält sie ebenso gefangen wie uns, aber auch das können wir nicht beweisen. Und was, wenn die Mannschaft wirklich aus so jungen Kerlen besteht?" Er seufzte. „Alles, was wir haben, sind ein paar Spuren. Wir wissen, daß etwas nicht in Ordnung ist, aber wir haben keine Ahnung, wo es klemmt.“

Scotty spitzte seinen Mund. „Susan hat es gewußt. Sie mußte ihr Wissen bitter bezahlen.“

Abends kam Brad wie gewöhnlich zu ihnen. Er trug seinen Instrumentenkoffer bei sich, der Salben, Tabletten, Verbandzeug und ähnliches enthielt. In der anderen Hand hatte er eine Taschenlampe und den Schlüssel zu ihrer Tür. Beides legte er auf den Nachttisch, dann trat er zu Scott.

„Die Wunden sind gut verheilt“, nickte er. „Ich lasse euch eine kleine Tube Salbe hier. Von jetzt an könnt ihr euch selbst behandeln. Ihr braucht mich nicht mehr.“

Er legte die Salbe neben den Schlüssel und die Taschenlampe. Die Augen der drei Jungen folgten gespannt jeder seiner Bewegungen.

„Soll das heißen, daß wir dich nicht mehr sehen?“ fragte Scott. Er fühlte sich grenzenlos verlassen.

Brad lächelte. „Natürlich nicht. Ich bin ja immer hier. Aber denkt dran, in drei Tagen laufen wir Singapur an." Mit diesen Worten stand er auf und verließ die Kajüte.

„Weshalb hat er das gesagt?" fragte Danny.

Ricks graue Augen wurden groß. „Komisch, es kam mir vor, als wolle er uns etwas mitteilen, ohne es direkt zu sagen."

Scotty fühlte neue Zuversicht in sich aufsteigen. „Er wollte uns einen Wink geben, etwas verraten. Aber ich weiß nicht, was. Sehr ihr die Lampe und den Schlüssel? Das hat doch etwas zu bedeuten. Und die Salbe daneben! Die hat er hingelegt, damit wir auch sicher etwas merken."

Scotty nahm die Lampe zur Hand und betrachtete sie. „Wißt ihr was? Ich glaube, er wollte damit sagen: „Okay, Jungs, hier habt ihr den Schlüssel und Licht. Ihr habt drei Tage Zeit, um das Geheimnis des Schiffes zu ergründen!"

Rick wurde bleich. „Ich glaube, eingesperrt fühlte ich mich sicherer."

„Wahrscheinlich will Brad, daß wir herausfinden, was hier vorgeht. Aber er darf nichts sagen und kann uns nicht helfen." Danny rieb sich das Kinn und überlegte. „Ich weiß nicht, wie ihr beide darüber denkt, aber ich bin dafür, daß wir der Sache auf den Grund gehen."

„Ich auch", sagte Scotty ernst. „Ich möchte herausfinden, was hier nicht stimmt."

Rick war nicht wiederzuerkennen. Keine Spur von Frechheit oder Besserwisserei. Nach und nach kam sein eigentlicher Charakter zum Vorschein. „Ich weiß nicht recht – ich – ich bin nicht sicher, ob ich es wissen möchte. Im übrigen – du hast eher Grund, dich darum zu kümmern, Scott."

Scott warf dem Vetter einen durchdringenden Blick zu. „In diesem Fall ist es besser, wenn du hierbleibst."

Sie warteten bis nach Mitternacht. Rick hatte sich wie ein Igel eingerollt und tat, als schliefe er.

Danny und Scott hatten miteinander beraten, wie sie vorgehen wollten und wo sie mit ihrer Suche beginnen sollten. Endlich beschlossen sie, unten zu bleiben. Dort war es sicherer, zudem war bestimmt eher etwas zu finden.

Die bloßen Füße schmerzten auf dem kalten Eisen. Der Korridor war menschenleer. Am anderen Ende brannte ein trübes Lämpchen. Rechts und links vom Gang, der in einen anderen, breiteren Korridor mündete, befanden sich verschiedene Türen. Die beiden wollten mit ihrer Untersuchung beim Bug beginnen und sich systematisch nach hinten arbeiten.

Das Hämmern der Motoren übertönte ihre Schritte, so daß sie kaum jemand hören konnte. Sie überlegten, was sie machen sollten, wenn plötzlich jemand auftauchen würde.

Aber niemand kam. Offenbar waren sie die einzigen an Bord, die nicht in ihrem Bett lagen. Zudem bestand ja ein großer Teil der Mannschaft aus diesen Jungen, die irgendwo eingesperrt waren.

Sie erreichten den Bug ohne Zwischenfall und entdeckten, daß da wie üblich an jeder Seite Türen waren.

Scotty nickte. „Das könnte der vordere Laderaum sein, wo sich der größte Teil der Fracht befindet. Probieren wir es mit der Tür links."

Danny schüttelte den Kopf. „Die rechte Tür sieht viel einladender aus. Sieh mal, da steckt sogar der Schlüssel!"

Scottys Herz klopfte bis zum Hals. „Die halten es vermutlich für unnötig, den Schlüssel abzuziehen."

Danny zuckte die Schultern. „Wer kann denn schon herauskommen, wenn der Schlüssel außen steckt? Oder hat Brad ihn vielleicht absichtlich stecken lassen, damit wir ihn finden?"

Scotty hob die Brauen. „Könnte sein."

Leise, ganz leise und langsam drehten sie den Schlüssel. Die Tür quietschte, als sie sie aufstießen. Scotty leuchtete mit seiner Taschenlampe in die Runde. Nur mit Mühe unterdrückte er einen Aufschrei. Der

Strahl der Lampe wanderte von Bett zu Bett, von Junge zu Junge. Sie hatten das Versteck der schweigenden Mannschaft gefunden!

Einer der Jungen schoß aus dem Bett und rannte zur Tür. Er drückte sie zu, lehnte sich mit dem Rücken dagegen und schluchzte erleichtert: „Du bist hier! Oh, du bist endlich hier! Wie bin ich froh! Hat das Mädchen dir von uns erzählt?“

Scotty war ganz verwirrt. „Nein, sie hatte keine Gelegenheit, mir etwas zu erzählen. Warum fragst du? Hat einer von euch mit ihr gesprochen?“

„Na klar!“ piepste eine dünne Stimme aus dem Hintergrund. „Wir haben sie um Hilfe gebeten. Wir wollen hier raus!“

Bevor Scott oder sein Freund etwas sagen konnten, ertönte eine dritte Stimme. „Wie seid ihr bloß hier hereingekommen? Mit einem Zauberwort? Etwa mit: ‚Sesam, öffne dich‘?“

„Sesam, öffne dich!“ wiederholte die erste Stimme lachend. „Das klingt ja nach Ali

Baba und die vierzig Räuber! Großartig! Bloß, wir sind keine vierzig Diebe – wir sind nur zwölf."

Das Geheimnis der „Black Mary“

Scotty und Danny starrten einander an. Sie wünschten, Rick wäre dabei. Er würde ihnen wahrscheinlich nicht glauben, wenn sie ihm die Geschichte nachher erzählten.

Einer der Burschen knipste das Licht an. Das gelbe, unnatürliche Licht ließ ihre Gesichter krank erscheinen. Ihre Augen lagen tief in den Höhlen. Da waren sie also, ein rundes Dutzend Jungen. Waren sie nun Diebe, Gefangene oder beides?

Danny räusperte sich ein paarmal. Er wirkte unsicher und nervös. „Du – du hast gesagt, ihr seid alle Diebe?“

„Ausgebildete Diebe“, erklärte ein Junge. Seine Gesichtszüge wirkten streng, die Augen dunkel und hohl. „Und wir haben die ganze Sache satt. Wir brauchen dringend Hilfe. Wenn ihr uns nicht helft, sind wir verloren."

Ein anderer Junge schlich mit zusammengekniffenen, mißtrauischen Augen auf die beiden zu. Er war geschmeidig wie eine Katze und bewegte sich lautlos und langsam. Scotty hatte das Gefühl, dieser Kerl könnte im Nu Brieftaschen stehlen, ohne daß es jemand bemerkte.

Der Größte, wahrscheinlich auch der Älteste, trat schließlich einen Schritt vor und fragte: „Wie heißt ihr?"

„Scotty Hanson."

„Danny Brewster. Und du?"

Die mageren Schultern zuckten. „Ich bin Keith Winters." Er stellte die anderen vor, aber die einzigen Namen, die Scott behalten konnte, waren Curly, Doc und Mike.

„Setz dich", forderte ihn Keith auf. „Wir wollen dir unsere Geschichte erzählen. Schön ist sie nicht, aber wahr. Und das zählt. Wir sind jetzt sogar bereit, uns der Polizei zu stellen." Er lachte heiser. „Falls wir einen Polizisten finden können ..."

„Mhm“, nickte Mike und schielte nach der Tür. „Fang von vorne an, Keith.“

„Also, angefangen hat’s bei allen gleich. Wir sind ausgerissen. Weggelaufen von daheim. Natürlich nicht alle zugleich. Doc kommt aus Iowa, Curly aus Indiana. Mike und ich, wir sind zusammen abgehauen. Wir kommen aus Lordsburg, New Mexiko. Die anderen kommen von überall her, aber alle wollten nach Kalifornien.“ Er lächelte wehmütig. „Wir sind auch wirklich hingekommen – sind getrampt, haben gestohlen, auf Feldern geschlafen und die Polizei an der Nase herumgeführt. Ihr wißt ja – wenn man sich etwas ganz intensiv wünscht, bekommt man es meistens.“

„Und wie ging’s weiter?“ wollte Scotty wissen.

„Dann sind wir Kapitän Whithers in die Arme gelaufen“, entgegnete Mike bitter.

„Ja“, fiel Doc ein. „Der wittert einen Ausreißer schneller als ein Jagdhund sein Wild.“

„Er und Harry Griffen lasen uns auf,

gaben uns zu essen und ein Bett – wir hatten schließlich Hunger und keine Bleibe. Whithers fragte uns, ob wir nicht die Welt kennenlernen wollten. Wer würde da nein sagen? Und wir wollten auf keinen Fall der Polizei in die Arme laufen. Deshalb waren wir zu allem bereit, was er vorschlug."

„Und ihr wolltet wirklich nicht nach Hause zurückgehen?" fragte Scotty.

Curly ereiferte sich: „Nein, wir wollten von daheim überhaupt nichts mehr wissen. Heute liegt der Fall anders. Aber erzähl jetzt weiter, Keith."

„Nun, Kapitän Whithers schmuggelt gestohlene Ware. Er läuft verschiedene Häfen an, aber das meiste Diebesgut bringt er nach Singapur. Dort hat er Stammkunden. In Singapur gibt es steinreiche Leute, die Geld für alles haben – so viel Geld, daß sie damit die ganze Insel kaufen könnten." Keiths blaue Augen waren klar und aufrichtig. „Der Kapitän nahm uns unter seine Fittiche. Er versprach, uns vor der Polizei zu schützen und uns auf eine Reise um den ganzen Erdball mitzunehmen. Als Gegenleistung sollten wir für ihn stehlen. Er bildete uns in diesem ‚Handwerk' aus. Wir klauten nicht nur Brieftaschen, Uhren und Schmuck – obwohl wir alle diese Dinge mit Leichtigkeit ihrem Besitzer abnehmen können, ohne daß er es merkt. Whithers hat auch verlangt, daß wir wertvolle Kunstgegenstände, Silberstücke, Marmorstatuen und kostbare Vasen bringen. Der Laderaum des Schiffes ist voll von Dingen, die wir für ihn gestohlen haben."

Scotty machte ein ungläubiges Gesicht, und Doc fiel ein: „Du wirst das vielleicht nicht glauben, aber es stimmt. Jedes Wort ist wahr. Wir sind gut ausgebildete Diebe – Fachleute sozusagen."

„Ich hab' schon mal gehört, daß es so etwas gibt", sagte Danny langsam und schüttelte den Kopf. „Ich hätte nur nie geglaubt, daß ich selber solche Profis kennenlernen würde."

Keith deutete mit dem Kopf zur Tür. „Aber als der große Kapitän Whithers uns an Bord seines Schiffes brachte, änderte sich mit einem Schlag alles. Er heuerte uns als Matrosen an. Einmal hörte er uns miteinander darüber reden, wie schön es wäre, wieder nach Hause gehen zu dürfen. Er geriet damals richtig in Panik und betrachtete uns nicht mehr als Mannschaft, sondern als Gefangene. Seit dieser Zeit hat er Angst, daß wir zur Polizei gehen und alles erzählen. Deshalb schließt er uns immer hier unten ein, wenn wir einen Hafen anlaufen."

„Stimmt", nickte Curly. „Es scheint, daß wir nie mehr wegkommen von diesem stinkenden Schiff und seinem Kapitän. Ich bin von zu Hause fortgelaufen, weil ich dachte, mein Vater sei gemein und streng. Jetzt würde ich alles dransetzen, um wieder nach Hause zu können."

„Und darum brauchen wir eure Hilfe", fügte Keith hinzu.

Danny machte eine hilflose Geste. „Denkt daran, daß auch wir Gefangene sind."

„Wir haben keine Ahnung, was mit uns

passiert“, sagte Scotty leise. „Vielleicht wirft er uns demnächst den Haien zum Fraß vor. Zum Glück weiß der Kapitän, daß Ricks Vater reich ist. Möglich, daß er uns gegen Lösegeld freigibt. Wer weiß?!“ Er runzelte die Stirn. „Wir haben nur einen einzigen Menschen hier an Bord, der zu uns hält – Brad.“

„Ja, Brad ist wirklich der einzige auf diesem Kahn, der in Ordnung ist“, nickte Keith schnell. „Er hatte keine Ahnung von dem, was auf der ‚Black Mary‘ vorging, bis wir auf hoher See waren. Er ist mit dem Kapitän nicht einig, das wissen wir.“

„Er ist es auch, der uns die Schlüssel hinlegte. Es sollte wie ein Zufall aussehen“, fuhr Scotty fort. „Und er hat wahrscheinlich auch den Schlüssel an eurer Tür stekken lassen, um uns zu zeigen, wo wir suchen müssen. Er wollte, daß wir euch kennenlernen. Vielleicht ist das eure Chance – vielleicht will er euch helfen, von Kapitän Whithers loszukommen.“

Brads Umkehr

Sie redeten bis vier Uhr morgens miteinander, schmiedeten Fluchtpläne und verwarfen sie im nächsten Augenblick. Endlich kamen sie zu der Erkenntnis, daß sie ohne Brads Hilfe niemals von Kapitän Whithers loskommen konnten. Die Mannschaft des Kapitäns beobachtete jede ihrer Bewegungen, eine Flucht ohne fremde Hilfe war ausgeschlossen.

„Glaubst du, daß die Leute wissen, was Whithers tut? Daß er gestohlene Ware verkauft? Wird seine Fracht denn nie kontrolliert?“

„Kapitän Whithers besitzt ein großes Haus im Nobelviertel von San Franzisko. Dazu hat er eine hübsche Frau und zwei halberwachsene Töchter.“ Keith machte eine Grimasse. „In seiner Gemeinde gilt er als respektabler Bürger. Alle glauben, er sei ein Ehrenmann."

„Und wenn es nicht anders geht, besticht er die Zollbeamten. Dieser Kerl hat überall Helfer und kennt alle Hintertüren. Er steht letztlich unschuldig da."

„Das ist es ja! Sogar wenn wir uns davonschleichen und zur Polizei rennen würden, brächte er es fertig, als Unschuldslamm dazustehen. Er könnte den Polizisten zum Beispiel erzählen, daß er uns als blinde Passagiere an Bord entdeckt habe, daß wir gestohlen hätten – was ja stimmt – oder ähnliches. Genauso handeln Leute von seinem Schlag."

„Ja. Ihr seid so oder so die Verlierer", nickte Scotty grimmig. „Wenn ihr beim Kapitän bleibt, seid ihr seine Sklaven. Wenn ihr zur Polizei geht, landet ihr höchstwahrscheinlich in einer Anstalt und werdet strenger bestraft als ihr eigentlich verdient."

„Der Mensch hat uns in der Zange", knirschte Curly mit haßerfüllter Stimme. „Er würde der Polizei irgendein Märchen über uns erzählen und könnte sicher auch Beweise für seine Fabel liefern. Keiner kann sich mit Kapitän Whithers anlegen, ohne zuletzt der Verlierer zu sein."

Scotty beugte sich vor. „Und ihr würdet wirklich gerne nach Hause gehen?"

Doc nickte. „Ja klar, wir wissen, daß man uns bestraft, weil wir gestohlen haben. Aber das würden wir jetzt auf uns nehmen."

Danny nickte. „Wir werden tun, was wir können, um euch zu helfen. Aber vielleicht schickt er uns schon vorher zu den Haien."

„Psst!" zischte es durch den Raum. Jemand stand vor der Tür. Ein Schlüssel drehte sich.

Keith machte einen Sprung zum Lichtschalter. Tiefe Dunkelheit umgab die beiden Freunde, Hände griffen nach ihnen und stießen sie unter die Pritschen. Es war ein enges Versteck und sie konnten kaum atmen.

Ein gedämpfter Fluch drang durch die Tür, und der Schlüssel drehte sich in die andere Richtung. Vermutlich hatte der Kerl nicht bemerkt, daß er die Tür zu – statt aufgeschlossen hatte. Jetzt begann das gleiche Manöver von vorne.

Die Jungen hielten den Atem an. Scotty betete, daß derjenige – wer immer es war – nicht zuerst ihr Zimmer kontrolliert hatte.

„He da! Schlaft ihr Kerle eigentlich?" ertönte eine tiefe Stimme.

Scotty war sicher, daß sie Sharkey gehörte. Das war der Mann, der bei der schweigenden Mannschaft stand, als die Jungen sie zum erstenmal gesehen hatten.

„Wa – was ist los?" Keith stand auf. Seine dumpfe Stimme klang so verschlafen, als ob er eben erst geweckt worden wäre. „Wünschen Sie etwas, Sir?"

„Ich dachte, ich hätte bei euch Stimmen gehört." Jetzt war sein Ton bedeutend milder geworden. „Schon recht, ist in Ordnung. Schlaft ruhig weiter. Ihr müßt ohnehin bald aufstehen."

Er leuchtete mit seiner hellen Lampe durch den Raum und überzeugte sich davon, daß jede Pritsche belegt war. Dann stampfte er aus dem Zimmer und schloß die Tür.

Als Scotty sicher war, daß Sharkey den Raum verlassen hatte, kroch er wie ein Hund nach einem Gewitter unter der niedrigen Pritsche hervor. „Ich glaube, es ist besser, wenn Danny und ich verschwinden. Brad wird zum Frühstück erscheinen, und dann werden wir die Sache mit ihm besprechen. Wir lassen euch nicht im Stich."

Keith seufzte. „Bitte, Scott, hilf uns! Wir nehmen jede Strafe auf uns, wenn wir nur hier herauskommen und wieder nach Hause dürfen."

Scotty nickte. Er öffnete leise die Tür. Lange horchten er und Danny hinaus, bevor sie einen Schritt wagten. Wenn man jetzt entdeckte, daß sie bei den Jungen waren, bedeutete es das Ende für sie alle.

Sie huschten durch den dunklen Gang. Beinahe wären sie mit dem Schatten zusammengestoßen, der ihnen entgegenkam. Scotty blieb so plötzlich stehen, daß Danny ihm auf die Fersen trat. Beide fuhren zurück und preßten sich an die Wand. Der Schatten folgte ihnen.

„Scotty! Ich bin's, Brad. Kommt mit, beeilt euch!"

Erleichtert atmeten sie auf und rannten mit zitternden Knien und trockenen Kehlen hinter dem Arzt her.

Erst vor ihrer Kajüte blieben sie stehen. Brad öffnete ihnen die Tür. Rick, der sich schlafend stellte, blinzelte unter geschlossenen Lidern. Als er die drei erkannte, sprang er aus dem Bett.

„Wo wart ihr denn so lange? Ich bin fast verrückt geworden!"

Danny zuckte die Achseln. „Hättest mit uns kommen sollen, Rick. Wir haben eine ganze Menge gelernt."

Schnell erzählten sie Rick, was sie erfahren hatten. Der hörte ihnen mit offenem Mund zu.

Brad flüsterte: „Denkt daran, wir haben nur noch eine Nacht vor uns. Morgen abend, gegen sechs Uhr werden wir in Singapur anlegen. Unser Plan muß klappen, das ist unsere einzige Chance. Es darf nichts schiefgehen!"

Bis zum Morgen schmiedeten sie Pläne. Dann ging Brad auf sein Zimmer und kam erst wieder, um die Jungen zum Frühstück an Deck zu bringen. Er war ernster als sonst. Nachdenklich schaute er aufs Meer hinaus, während die Jungen ihren klebrigen Haferbrei aßen und steinharten Schiffszwieback dazu knabberten.

An diesem Tag war das Frühstück noch schlechter als sonst. Scotty vermutete, daß der Koch versucht hatte, sämtliche Reste zu verwerten, bevor sie Singapur erreichten.

Es war kaum jemand an Deck. Nur Sharkey und ein paar ältere Männer arbeiteten beim Ruderhaus. Sim war sinnlos betrunken und lag irgendwo in einer Ecke. Scotty war froh, daß er ihn nicht sehen mußte. Er war ja der Mann, der den Tod seiner Schwester auf dem Gewissen hatte – und es spielte keine Rolle, ob er auf Befehl oder aus eigener Initiative gehandelt hatte. Scotty hätte seinen Anblick jetzt nicht ertragen können.

Kapitän Whithers fühlte sich besser. Trotzdem hatte er das Frühstück in seiner Kajüte eingenommen und sich noch nicht an Deck begeben. Sie wünschten, er würde sich vor der Ankunft in Singapur nicht mehr zeigen. Es würde alles einfacher machen.

Brad stand auf und lehnte sich an die Reling. Er blieb in Sichtweite – für alle Fälle – aber es schien, als wolle er allein sein. Scotty würgte den Rest des klebrigen Breis hinunter, dann stand er auf und stellte sich neben den Arzt.

Brad drehte sich um. Seine Augen forschten in Scottys Gesicht. „Schwer, nicht wahr? Das mit deiner Schwester, meine ich."

Scott biß sich auf die Lippen. „Ja. Ziemlich." Er kniff die Augen zusammen, denn die hohen Wellen sprühten salzige Tropfen auf sein Gesicht. „Wenn ich nichts von

Christus wüßte, könnte ich Sim umbringen, Brad."

Brad rückte seine blaue Matrosenmütze zurecht. „Du kannst wohl kaum sagen, daß du irgendwelche Sympathien für ihn hegst – obwohl du Christ bist?"

Scotty zögerte. „Ich glaube, ich kann diese Frage gar nicht beantworten, Brad. Ich weiß, daß in mir kein Funken Liebe für Sim ist. Aber die Liebe Jesu hält mich davon ab, diesen Menschen zu hassen. Er tut mir einfach leid. Sein Leben könnte ganz anders sein, wenn er Jesus kennen würde."

„Jetzt wirst du wieder zu persönlich, Scott!"

Scotty schaute dem älteren Brad ernst in die Augen. „Das gilt auch für dich, Brad. Jesus kann auch dein Leben ändern, wenn du es ihm erlaubst."

„Ich glaube, daß Jesus der Retter der ganzen Menschheit ist. Genügt das nicht?"

Scotty schüttelte den Kopf. „Nein, Brad. Das glaubt ja beinahe jeder. Du mußt ihn persönlich kennenlernen. Jesus muß dein

Retter werden." Scotty stützte die Ellenbogen auf die Reling und legte die Hände unters Kinn. „Er ist auch für dich gestorben, Brad. Für jede Sünde, die du begangen hast. Deshalb bin ich so ‚persönlich' geworden, wie du es nennst. Er ist auch für Sim gestorben und für seine Trunksucht und für jede Schlechtigkeit, die er begangen hat. Aber Jesus kann ihm nicht helfen, wenn er ihn nicht als seinen persönlichen Retter akzeptiert."

Brads Augen schweiften in die Ferne. „Was du sagst, klingt vernünftig, Scotty." Endlich drehte er sich um. „Du weißt, daß ich als Kind die Sonntagsschule besuchte, nicht wahr? Eines Morgens hörte ich von diesem Jesus, von dem du jetzt redest. Ich war tief beeindruckt, aber ich verstand das nicht richtig. Meine Eltern waren keine Christen. Später ging ich nie wieder zur Kirche. Ich dachte nicht mehr an Jesus und das, was Er getan hat. Das Ganze war wie ein Traum. Ob du es glaubst oder nicht – du bist der erste Mensch, der seit jener Zeit mit mir über Jesus Christus redet."

Scotty wünschte, Brad wäre auch ohne dieses schreckliche Erlebnis ins Nachdenken gekommen. Trotzdem war er froh, daß der junge Mediziner offen mit ihm sprach.

„Du siehst", meinte Brad, „ich habe niemals Ernst gemacht und die Sache schnell vergessen."

„Nun, du könntest die Sache ja jetzt in Ordnung bringen", sagte Scotty schnell. Er wunderte sich über seinen Mut. „Jesus ist hier, und er will in dein Leben treten, gerade jetzt." Scott sprach leiser. „Du mußt ihn nur darum bitten."

Brad schaute auf seine Hände hinunter. „Ich möchte Gott gehören", sagte er mit lauter, sicherer Stimme. „Ich möchte, daß Jesus mein persönlicher Heiland wird."

Das war alles. Aber er meinte es ehrlich, und ein zaghaftes Lächeln überflog sein Gesicht. Der Glaube war für Brad Wirklichkeit geworden, und beide wußten es.

Einen Augenblick später sahen sie die

massige Gestalt Sharkeys auftauchen. Sein Gesicht war weiß vor Wut, und seine grobknochigen Hände waren zu Fäusten geballt.

Entkommen

Sharkeys dicke Lippen kräuselten sich förmlich vor Verachtung, und seine kalten Fischaugen durchbohrten Brad. Sein Hemd war halboffen und zeigte die behaarte Brust. Er sah aus wie ein Ringer, der seinen Gegner auf die Matte legen wollte.

„Oha! Sie haben also die Absicht fromm zu werden? Mensch, ich könnte Sie in die Zange nehmen, daß Sie in Zukunft 'ne Kirche nicht mal von außen sehen können!" Er puffte Brad in die Rippen. „Runter mit euch! Bringen Sie die Gören da weg! Sie verpesten die Luft da oben. Wenn's nicht ums Lösegeld wär' – ich würde die Brut glatt ins Jenseits befördern!"

Die vier eilten die Leiter hinunter. Keiner wagte, etwas zu sagen, bis Brad die Tür hinter ihnen geschlossen hatte.

Ricks Augen waren groß und rund wie Wagenräder. „Was sagt der? Will der Kapitän uns nur gegen Lösegeld freigeben, Brad? Er hat doch versprochen, uns zur amerikanischen Botschaft zu bringen!“

„Ich fürchte, Sharkey sagt die Wahrheit, Jungs. Rick, er weiß, daß dein Vater ein reicher Mann ist. Er will euch in Singapur einem Gauner übergeben, der das Lösegeld für ihn aushandeln soll. Das jedenfalls hat der Kapitän mit euch im Sinn. Mein Plan sieht anders aus. Wenn wir morgen abend anlegen, müßt ihr euch bereithalten und meinen Anweisungen genau folgen. Betet unterdessen dafür, daß unser Vorhaben gelingt.“ Brad ging, und die Jungen saßen gedankenverloren da.

Endlich platzte Danny heraus: „Brrr! Wenn ich das alles träumen würde, wünschte ich mir sehnlichst einen, der mich weckt!“

Rick murmelte: „Das ist auch ein Alptraum! Wir müssen einfach durchhalten und aufs Ende warten.“

Scotty sagte nichts. Seine Gedanken waren bei Susan. Er war nicht sicher, ob er überhaupt noch weiterleben wollte. Die ganze Sache schien ihm so unwirklich, als ob er selbst gar nicht daran beteiligt wäre. Nur sein Instinkt sagte ihm, daß er etwas tun müsse.

Sie blieben den ganzen Tag in der Kajüte. Niemand holte sie an Deck. Ihre Tür war zwar nicht abgeschlossen, aber sie wußten, daß es zu riskant war, an Deck herumzuspazieren und frische Luft zu schnappen.

Vermutlich war ein Sturm im Anzug. Das Schiff rollte und schlingerte den ganzen Nachmittag und Abend. Die Jungen lagen wie tot auf ihren Pritschen – sie waren seekrank, ihr Magen drehte sich beim bloßen Gedanken an Essen. Als Brad ihnen abends heiße Suppe brachte, aßen sie nur ein paar Löffel voll.

Gelbe Blitze zuckten über den Himmel, und Regengüsse überspülten das Deck. Ein einziger Matrose hantierte im wasserdichten Overall im Bug. Die drei Jungen froren und waren bis auf die Haut durchnäßt, bevor sie die Leiter hinunterflüchten konnten.

Es regnete immer noch, als sie zu Bett gingen. Keiner konnte einschlafen. Die „Black Mary“ schlingerte und rollte wie einer, der versucht, auf einem Boden zu laufen, der mit rollenden Kugeln bedeckt ist. Die Jungen fanden, es sei das beste, sich hinzusetzen und miteinander zu reden.

Hinter der Tür raschelte es. Danny griff nach dem Lichtschalter. Kurz darauf schlüpfte eine dunkle Gestalt in ihre Kajüte, und eine Stimme flüsterte: „Ich bin's, Brad. Ich habe nur einen Augenblick Zeit!“

„Was ist los mit dir? Kannst du auch nicht schlafen?“

„Nein. Ich dachte, ich könnte euch ein paar Pillen gegen Seekrankheit geben. Und dann sollten wir noch einmal die Pläne für morgen durchsprechen.“

Dankbar nahmen die Jungen die Pillen in

Empfang. Dann hörten sie gespannt Brads Vorschlägen zu.

„Wenn wir morgen abend im Hafen einlaufen, müssen die zwölf Jungen auf Deck arbeiten. Kurz vor dem Andocken wird Sharkey sie einschließen, wie immer. Auch ihr werdet hier eingesperrt. Vermutlich ist es dunkel, wenn wir ankommen, so daß wir gute Deckung haben. Ein Teil der Mannschaft wird an Land gehen, der Rest hat zu arbeiten. Das muß ich noch abklären. Ich werde zuerst die Jungen holen und dann euch. Rennt sofort die Laufplanke hinunter und wartet am Kai auf mich – nur fünf Minuten. Dann müßt ihr weiter, ob ich komme oder nicht. Wenn ich es nicht schaffe, treffen wir uns später irgendwo."

„Du mußt es schaffen!" riefen Scott und Rick beinahe gleichzeitig.

„Und was ist, wenn der Kapitän uns erwischt? Oder wenn wir die amerikanische Botschaft nicht finden? Brad, du mußt es einfach schaffen!" Danny zeigte mehr Angst als je zuvor.

„Glaubt mir, ich tue mein Bestes“, antwortete Brad. Er war besorgt, aber er versuchte die drei zu beruhigen. „Jetzt muß ich gehen. Ich hab’ noch einiges zu tun. Gute Nacht.“

Der nächste Tag schleppte sich nur langsam dahin. Rick sah unzähligemale auf die Uhr. Ebensooft hielt er sie ans Ohr, um sicher zu sein, daß sie tatsächlich noch lief. Dann seufzte er, zuckte die Achseln und sah fünf Minuten später wieder hin.

Scotty verbrachte die meiste Zeit in stillem Gebet. Er betete für die Jungen, für Brad und bat Gott um das Gelingen ihrer Flucht.

„Was, glaubst du, wird mit Sim geschehen?“ fragte Danny einmal zaghaft. Er fürchtete, seinen Freund durch die Erinnerung noch trauriger zu machen.

„Nichts, glaube ich. Kapitän Whithers hat ihm sofort, nachdem es geschehen war, eine Flasche Whisky gegeben.“ Scotty neigte den Kopf und starrte auf seine zusammengepreßten Hände. „Es sah aus wie eine Belohnung, und vermutlich war es das ja auch. Aber das können wir nicht beweisen. Wir haben nichts gesehen und nichts gehört."

„Na ja, aber schon die Tatsache, daß er sie zu küssen versuchte und sie in ihrer Angst über Bord ging, wird ihn einiges kosten", schnaubte Rick. „Auch wenn es ein Unfall war, muß Sim dafür bezahlen."

Scotty seufzte. „Seht mal, unser Wort gilt hier nichts. Wenn der Kapitän Sim zur Tat angestiftet und ihm dafür Whisky gegeben hat, wird er alles vermeiden, was Sim verdächtigen könnte. Im Gegenteil, er wird ihn eher in Schutz nehmen."

Danny schüttelte den Kopf. „Du hast recht." Er stand auf und ging in der kleinen Kajüte auf und ab. „Kinder, Kinder, ich wollte, dieser Tag wäre schon vorüber."

Alles verlief planmäßig. Um viertel nach fünf holte Brad die drei Jungen zum Abendbrot an Deck. Es gab Schinken und heiße Schokolade – ein königliches Mahl im Vergleich zu dem, was man ihnen bisher aufgetischt hatte. Es schien, als ob der Koch die Absicht hatte, bei den Jungen einen guten Eindruck zu hinterlassen. Aber auch die ausgezeichnete Henkersmahlzeit würde sie die schrecklichen Erfahrungen auf der „Black Mary“ nicht vergessen lassen. Kurz vor sechs wurde es dunkel. Die „Schweigende Mannschaft“ kam an Deck, um alles für das Einlaufen des Schiffes in Singapur vorzubereiten. Danny, Rick und Scotty wurden eilig in ihre Kajüte geschickt und dort eingeschlossen.

Um neun Uhr war es soweit. Die Mannschaft war im Versteck verschwunden. Viele Matrosen hatten Landurlaub, weil die Fracht erst am nächsten Morgen entladen werden konnte.

Als der größte Trubel vorbei war, kroch Brad in den Frachtraum im Heck des Schiffes. Ein paar Minuten hantierte er dort und legte in einem leeren Ölfaß ein stinkendes, rauchendes, aber harmloses Feuer. Dann rief er: „Feuer an Bord! Feuer an Bord! Alle Mann an Deck!“

Sharkey und Harry Griffen kamen mit zwei Matrosen angerannt. Sie versuchten, die Tür zum Frachtraum zu öffnen. Brad hatte vorsorglich das Schloß verklemmt. Harry schickte einen der Matrosen zum Kapitän, während er sich fieberhaft darum bemühte, die kostbare gestohlene Ladung aus dem brennenden Frachtraum zu retten. Schwarze Rauchschwaden drangen unter der Tür hindurch und hüllten die Gänge in dichten Nebel.

Inmitten des Aufruhrs, den er angezettelt hatte, hastete Brad zur großen Kajüte im Bug, in der die zwölf Jungen eingeschlossen waren. Er öffnete ihre Tür, und die zwölf stürmten geradewegs auf den Laufsteg zu. Als nächstes wurden Scotty, Rick und Danny befreit. Sie kletterten an Deck und rannten hinter den anderen Jungen her. Alle wunderten sich über den Rauch, aber keiner fragte, woher er kam. Endlich erschien auch Brad und zog einen fremden Jungen mit sich, der seine Matrosenmütze tief ins Gesicht gezogen hatte.

Die Jungen versteckten sich hinter einem Berg Kisten, die auf dem Kai gestapelt waren. Während sie aufgeregt dort hockten, zählte Brad schnell die Köpfe. Da riß der fremde Jungen die Mütze vom Kopf. Langes blondes Haar fiel über „seine“ Schultern.

„Susan!“ Scotty konnte den Schrei kaum unterdrücken. Dann starrte er die Schwester sprachlos an. Danny schnappte nach Luft. „Susan! Du bist gar nicht ertrunken!? Wieso …“

„Es tut mir leid, daß ich dich anlügen mußte, Scott“, erklärte Brad schnell. „Der Kapitän hatte Sim den Befehl gegeben, sein schmutziges Werk zu tun, und ihm dafür Whisky versprochen. Sobald der Kapitän erfuhr, daß Susan dem Geheimnis der schweigenden Mannschaft auf den Grund gekommen war, befahl er Sim, sie über Bord zu werfen. Als ich sah, wie die beiden miteinander kämpften, wußte ich, was los war. Ich schlug Sim k.o. und versteckte Susan im Krankenzimmer. Ich durfte euch nicht sagen, daß sie lebte, denn ich hatte Angst, ihr könntet unser Geheimnis verraten."

„Wahrscheinlich hätte ich es getan, Brad. Ich bin so froh, daß du da warst, um ihr zu helfen."

„Als Sim wieder zu sich kam, sagte ich ihm, daß Susan über Bord gefallen war, während ich mit ihm kämpfte. Ich schlug vor, dem Kapitän am besten nicht zu erzählen, daß ich ihr Komplott kannte, sonst würde er nie wieder Whisky von ihm bekommen. Sim war so verwirrt und verzweifelt, daß er alles glaubte."

Der Rauch hatte sich durch die offenen Türen des Frachters verflüchtigt und war dünner geworden. Brad trieb seine Gruppe an. „Kommt, wir müssen unseren Marsch durch Singapur antreten, bevor der Kapitän und Sharkey entdecken, daß wir verschwunden sind."

Erst als sie das Ende der Hafenstraße erreicht hatten, wagten sie, sich umzudrehen. Sie sahen drei Männer, die im Laufschritt die „Black Mary" verließen und hinter den

Flüchtlingen herjagten. Brad rannte mit seinem Gefolge um die nächste Ecke. In einer Seitenstraße, neben zwei großen Warenhäusern, blieben sie stehen und sahen sich um.

„Wo geht's zur Botschaft, Brad?"

„Dorthin kommen wir nicht mehr. Wir müssen die Polizei suchen!"

„Nicht einmal Zeit für eine Gebetsgemeinschaft", murrte Scotty. „Bin ich froh, daß Gott auch Stoßgebete erhört!"

„Er wird uns beschützen", erklärte Brad einfach.

Scotty war froh, daß Brad es so persönlich formuliert hatte. Es war klar, daß Jesus jetzt auch sein Herr und Meister war.

Obwohl sie rannten, so schnell sie konnten, schienen Sharkey, Harry Griffen und der Kapitän immer näher zu kommen.

Dann entdeckten sie es. Vor ihnen standen eine Menge gutgekleideter Leute und eine Schar Polizisten – eine unmögliche Situation für Diebe – im gegebenen Fall genau das Richtige.

Scotty hatte kein Signal gehört, aber wie auf Kommando begannen die wohltrainierten Diebe des Kapitäns mit der Arbeit. Keith, Doc und Curly tauchten zuerst in der Menge unter. Sie nahmen Brieftaschen, Uhren, Geldbeutel und was immer sich zu stehlen lohnte. Die anderen Jungen machten es genauso, während Susan und ihre Freunde erstaunt zusahen. Der Kapitän und seine Männer hatten sie beinahe eingeholt. Nun würde auch die Polizei Jagd auf sie machen.

„Na klar", Danny ging ein Licht auf. „Jetzt verstehe ich ..."

Die Umstehenden, einer nach dem anderen, merkten plötzlich, daß man sie beraubt hatte. Schreie ertönten, und die Jagd nach den Taschendieben begann.

Susan sah dem Treiben verwirrt und erschrocken zu. In diesem Moment kam ihr ein Wort aus der Bibel in den Sinn: *„Obwohl sich ein Heer wider mich stellt, soll mein Herz sich nicht ängstigen."*

Und Danny dachte an einen Vers aus

dem Lukas-Evangelium: *„Siehe, ich gebe euch Macht, auf Schlangen und Skorpione zu treten, und über alle Macht des Feindes. Niemand soll euch etwas anhaben können."*

Die jungen Leute waren völlig außer Atem, als Brad ihnen ein Zeichen gab, stehen zu bleiben. Sie drehten sich um und sahen sich den Polizisten gegenüber. Brad, die Diebe und die vier Schiffbrüchigen atmeten erleichtert auf, als die Schutzleute sie umringten.

„Junge, Junge, sind wir aber froh, euch hier zu sehen!" platzte Danny heraus.

Sie waren so erleichtert, daß alle auf einmal zu reden begannen. Sie erzählten vom Schiffbruch, von den Diebereien und von der schlechten Behandlung durch den Kapitän.

Da wies Susan in die Richtung, aus der sie gekommen waren: „Der Kapitän und seine Männer hauen ab! Sie sind dort durch die Gasse verschwunden! Fangt sie! Sie sind die eigentlichen Diebe! Sie haben uns gefangen gehalten!"

Die zwei Polizisten berieten sich kurz auf chinesisch miteinander. Dann nahmen vier von ihnen die Verfolgung von Kapitän Whithers, Sharkey und Harry Griffen auf. Zu ihrem Unglück hatten sich die drei in eine Sackgasse gerettet, und kurz darauf tauchten die Polizisten mit drei wütenden gefesselten Gefangenen wieder auf.

„Jetzt haben wir sogar Kapitän Whithers verhaftet. Das war wirklich eine erfolgreiche Jagd!" Der chinesische Polizist lachte dem Kapitän ins Gesicht. „Vor ein paar Tagen haben wir einen Ihrer Kumpel erwischt, Charlie Son Ti. Er hat uns von den sauberen Schmuggelgeschäften erzählt, in die Sie verwickelt sind. Ich bin entsetzt über das, was diese jungen Leute mir erzählt haben. Ihre Berichte werden uns bei der Anklage gegen Sie dienen!"

„Denkt ihr, daß Vater und Mutter uns das alles glauben?" fragte Scotty. „Zuerst wurden wir gerettet, indem wir als Gefangene auf einem Frachter landeten. Und jetzt werden wir gerettet, indem wir als

Gefangene bei der Singapurer Polizei landen!“

„Ist mir egal, ob sie’s glauben oder nicht“, entgegnete Susan. „Hauptsache, wir kommen glücklich nach Hause!“